# Cher Journal

# Une mer de chagrin

## Johanna Leary, au temps de l'épidémie de typhus

Norah McClintock

Texte français de Martine Faubert

Éditions
■ SCHOLASTIC

*De l'Irlande au Canada-Est, 1847*

.

## 30 avril 1847

Grand-papa m'a raconté qu'il connaissait des centaines d'histoires du folklore irlandais, à propos des fées, du Pooka, de la Banshie ou du Cuchulainn. Il m'a dit que ces récits étaient comme un ciment pour notre peuple. Je me demande ce qu'il penserait s'il était encore de ce monde. Selon papa, les problèmes que nous vivons en ce moment déchirent les Irlandais. Plusieurs en sont morts et, aujourd'hui, on nous chasse de chez nous. Voilà pourquoi j'ai décidé d'écrire notre histoire. Je veux raconter par écrit ce qui nous arrive maintenant et ce qui nous arrivera ensuite.

Demain, nous devons partir, et papa dit que nous ne reviendrons probablement jamais. Maman et lui, Michael, le petit Patrick et moi devons nous rendre à pied à Dublin où nous embarquerons à bord d'un bateau à vapeur qui nous emmènera à Liverpool, en Angleterre. Il dit que c'est notre seul espoir.

Pourtant, maman est triste de partir. « Comment croire à un nouveau départ dans un pays neuf comme le Canada, dit-elle, alors que nous devons compter sur la charité pour nous y rendre? Et si quelque chose ne va pas, que va-t-il advenir de nous, sans amis ni voisins sur qui compter? »

Papa lui a rappelé que son frère Liam est au Canada et pourra certainement nous aider. Je me souviens à peine de lui, car j'étais très petite quand il est parti. Je pense plutôt à Anna qui est partie là-bas avec sa famille, l'an dernier. Je n'ai pas peur. Pour moi, partir c'est trois souhaits qui sont exaucés d'un seul coup. Nous nous rendons dans un endroit où le malheur et la misère n'existeront plus. Nous nous rendons dans un endroit où on peut manger de la viande et boire du lait tous les jours. Je me rapproche du jour où je retrouverai Anna et où papa recommencera à nous taquiner en nous appelant AnnaJohanna d'un seul souffle, comme si nous n'étions qu'une seule et même personne. Je me bouche les oreilles quand papa me dit que je ne dois pas trop espérer. « Le Canada est un pays immense, dit-il, et bien des Irlandais le quittent pour les États-Unis, un autre pays bien plus grand que l'Irlande. Les Irlandais sont éparpillés à travers l'Amérique comme les étoiles dans le ciel et il est très difficile d'en retrouver un en particulier. » Combien d'Anna Riordan peut-il y avoir là-bas? Moi, je suis convaincue que je vais la retrouver.

### 1er mai 1847

Cette nuit, alors que tout le monde dormait, j'ai entendu maman pleurer. Elle dit qu'elle préférerait aller en Angleterre. Elle est sûre qu'un bon charpentier comme papa y trouverait du travail. Mais papa dit que la vie y est dure pour les Irlandais et que le Canada est beaucoup mieux. « Un pays plein de promesses », lui a-t-il dit. Il essaie de la calmer en lui relisant les vieilles lettres d'oncle Liam, où il raconte qu'il mange comme un roi : du pain de blé avec du beurre fait avec le lait de ses propres vaches, des œufs de ses poules et de la viande de porc et de bœuf. En automne, il fait lui-même des saucisses, elles ont un arôme extraordinaire quand on les fait cuire sur le feu. Juste de penser à des saucisses grillées, j'en ai l'eau à la bouche, même si je n'en ai jamais mangé. « Grillé » : quel beau mot! Tout ce qui est grillé sur le feu doit être délicieux.

Maman se fait du souci parce que papa n'a pas reçu une seule lettre d'oncle Liam depuis près d'un an. Elle dit qu'il doit lui être arrivé quelque chose. Papa refuse de s'inquiéter. Son frère, dit-il, est probablement trop occupé avec toutes ses bêtes à soigner et tous ses champs à cultiver. Peut-être même qu'il est marié et qu'ils ont déjà un enfant. « Peu importe, dit papa. Un homme qui possède une terre est un homme facile à trouver. »

### 3 mai 1847

Je suis accroupie derrière un rocher, au bord de la route. Je ne veux pas que maman me voie. L'an dernier, quand tout allait mal, elle a dû vendre ou troquer tous nos objets de valeur. C'était la seule façon de rembourser nos dettes et d'acheter de la nourriture. Petit à petit, sa précieuse petite bibliothèque-papeterie laissée par son père, mon cher grand-papa, s'est vidée de son contenu. Tout ce qu'il en reste aujourd'hui, c'est ce petit cahier dans lequel j'écris. Je l'ai caché en me disant qu'il n'avait aucune valeur, car plusieurs pages étaient déjà utilisées et d'autres avaient été arrachées. Mais si maman me voit, elle pourrait se fâcher.

J'ai mal aux jambes et aux pieds, et mon ventre crie famine. Hier, nous avons marché toute la journée, et la veille aussi, et nous avons mangé presque toutes les maigres provisions que nous avions emportées. Papa essaie de nous remonter le moral. « Nous avons de la chance de partir, dit-il, comparé à d'autres familles. » Et il a raison. Nous avons croisé plusieurs fois des miséreux qui n'avaient plus rien à manger. Ailleurs, une femme pleurait, agenouillée auprès d'un homme qui s'était effondré au bord de la route. Certains ressemblaient à des morts sortis de leurs tombes, avec les yeux qui leur dévoraient le visage et les os qui saillaient de partout sous leur peau grise. Et nous avons entendu de ces histoires! On raconte que, dans chaque comté, il meurt cinquante personnes par jour. Un homme a juré qu'il avait vu des cercueils avec un fond à charnière. Ainsi, les fabricants de cercueils peuvent les vendre et les revendre sans fin. Un autre nous a parlé de deux familles qui sont mortes après avoir mangé la viande avariée d'une carcasse de cheval.

Papa nous dit de ne pas les écouter. « Si nous continuons à marcher, dit-il, dans deux jours, nous serons à bord du bateau à vapeur qui va à Liverpool et, peu après, nous voguerons sur l'Atlantique. » Je ne suis jamais montée à bord d'un bateau à vapeur. Voilà une autre belle expression : un bateau à vapeur. Elle me fait penser au petit nuage de vapeur qui s'échappe d'une pomme de terre qu'on vient de retirer du feu et qu'on ouvre en deux. Je voudrais tant avoir une pomme de terre, tout de suite, avec une pincée de sel et du lait. Parfois, j'ai l'impression de ne faire qu'une seule chose durant toute la journée : faire des souhaits.

## 6 mai 1847

Nous avons quitté l'Irlande hier et nous sommes enfin à Liverpool. Finalement, l'expression « bateau à vapeur » n'est pas si belle que ça. J'espère que je n'aurai jamais à remettre les pieds sur un de ces navires.

Pendant la traversée, le temps était exécrable. Papa a dit que nous avions eu de la chance d'être installés sur le pont où on pouvait vomir par-dessus le bastingage. Dans la cale, il fallait le faire dans des seaux ou directement par terre. Moi, je ne me trouvais pas chanceuse. Nous avons été fouettés par les vents pendant toute la traversée et, quand la pluie est arrivée, elle m'a transpercée jusqu'aux os, comme des aiguilles de glace. Maman serrait Patrick contre elle et, entre ses accès d'inquiétude, elle lui chantait des berceuses. « Comment allions-nous faire si le reste du voyage était aussi pénible? » se demandait-elle. Et papa tentait de lui chasser ces idées noires de la tête en lui disant d'essayer d'imaginer le meilleur au lieu du pire. Mais maman n'est pas comme papa. Maman se fait tout le temps du souci.

## 7 mai 1847

De loin, les jetées de pierres et les quais de Liverpool semblaient majestueux. Vus de près, ils sont encombrés d'une foule de gens qui crient ou hurlent sans cesse et bordés de navires d'où sort tout un concert de bruits. On ne peut pas faire deux pas sans se faire bousculer ou sans qu'un miséreux, souvent irlandais, vous tende la main en implorant votre bonté. Sur l'eau, les navires s'entrecroisent de près, tout comme les gens à terre qui jouent des coudes. Il ne s'agit pas de bateaux à vapeur, mais de voiliers. Michael dit que les bateaux à vapeur viennent assez vite à manquer de charbon et que nous partons pour très loin. Papa dit que des paquebots sont capables de traverser l'océan, mais qu'ils sont pour les riches et pas pour les gens comme nous.

Nous allons embarquer demain. Papa dit que nous pouvons nous considérer chanceux. D'autres sont arrivés à Liverpool il y a une semaine ou même plus et ont dû dépenser tout ce qu'ils avaient pour se loger et se nourrir en attendant que leur navire soit prêt à appareiller.

J'ai de la peine pour papa. Il fait tout ce qu'il peut pour nous remonter le moral, mais maman démolit tous ses efforts et le traite de rêveur. Je me rappelle quand elle le lui disait affectueusement. Maintenant, on n'entend plus ce ton bienveillant dans sa voix.

## 8 mai 1847

En attendant l'embarquement, j'ai entendu dire qu'il y aurait plus de 300 passagers. Le navire est grand, mais je ne vois pas comment on pourrait y loger tant de monde.

Nous avons dû attendre si longtemps avant d'embarquer que j'avais les jambes en compote à force de rester debout. Je me suis assise par terre et j'ai failli me faire écraser par une grosse fille. Elle est tombée sur moi et elle était aussi lourde qu'un chargement de pommes de terre. Je suis sûre que je vais avoir des bleus partout. Ensuite, elle s'est relevée comme si elle avait simplement buté sur une pierre et elle est repartie sans prendre la peine de me demander si elle m'avait fait mal.

« Ça mérite des excuses! » ai-je dit très fort.

Mais elle a fait celle qui ne comprend pas. Elle m'a regardée de haut, l'air agacé, et m'a dit : « Tu aurais pu me blesser, à t'asseoir comme ça au beau milieu du chemin. » Le pire c'est qu'elle le croyait! C'est la fille la plus méchante et la plus laide que j'ai vue de toute ma vie!

Au moment de l'embarquement, j'avais chaud, j'étais fatiguée et j'avais faim. Puis, au lieu de nous laisser nous installer, on nous a entassés à un bout du navire. Des marins sont descendus dans la cale avec de longues perches garnies de grandes piques à un bout.

« Ils cherchent des passagers clandestins », a chuchoté Michael.

Mais ils n'en ont pas trouvé, car ils sont revenus bredouilles, et l'appel a commencé. Quand est arrivé le nom de Leary, papa s'est avancé avec nos tickets, et on nous a autorisés à descendre dans la cale.

## Plus tard

Je suis contente que notre nom ait été appelé assez vite, car la cale où nous devons dormir est aussi sinistre qu'un soir de novembre. Mais comme nous avons été parmi les premiers à descendre, nous avons pu choisir une place près d'une écoutille. Maman n'arrête pas de regarder le carré de ciel gris au-dessus de nos têtes. Elle ne dit pas un mot, mais je crois qu'elle est anxieuse.

La cale semblait plutôt grande quand nous sommes descendus, mais elle s'est vite remplie. On peut à peine poser le pied par terre, tant elle est encombrée, et le plafond est si bas que les hommes les plus grands peuvent à peine se redresser complètement quand ils se mettent debout.

Notre nouvelle maison, comme dit papa, se réduit à une couchette. Un bien grand mot pour désigner quelques planches formant un genre de tablette fixée au flanc du navire. Les couchettes sont disposées en trois étages et sont si rapprochées qu'on ne peut pas s'asseoir, une fois qu'on s'est glissé dedans. Je me demande comment la famille d'Anna a fait. Ils sont sept, et n'ont pas un bébé comme Patrick, qui ne prend pas beaucoup de place. Ils ont peut-être eu droit à deux couchettes. Alors, Anna a peut-être partagé sa couchette avec ses deux sœurs, et elles ont pu rigoler pendant toute la traversée.

Maman a insisté pour que nous prenions une couchette du haut. Elle dit que, si la couchette tombe (et elle semble être sûre que c'est ce qui arrivera), au moins nous ne nous ferons pas écraser.

Michael a compté un total de 52 couchettes, réparties en deux rangées. Chacune accommode cinq ou six personnes. Les deux rangées sont séparées par un étroit couloir pour les paquets, les boîtes et les coffres. Maman dit que nous sommes entassés comme des sardines. Papa dit que nous sommes comme une petite famille d'hirondelles blottie bien au chaud dans son nid.

La couchette voisine de la nôtre, d'un côté, est occupée par la famille de la fille méchante qui a failli m'écraser avant d'embarquer. Mes pieds vont pointer vers sa tête pendant toute la traversée vers le Canada. Je vais m'imaginer que je lui pile dessus jusqu'à ce qu'elle ait mal.

## 9 mai 1847

Avant d'appareiller, le capitaine a ordonné à tous les hommes mariés de monter sur le pont. Papa nous a dit qu'on leur a demandé de former un comité et qu'il avait été élu président. Le rôle du comité est de monter la garde pendant la nuit afin de voir à ce qu'il ne se passe rien d'anormal, d'avertir le commandant si un passager tombe malade et de s'assurer que les écoutilles sont bien fermées, en cas de tempête.

Maman a eu l'air effrayé quand il a parlé de *tempête*. J'ai demandé quel genre de choses anormales le comité devait surveiller. Papa a dit, en faisant un clin d'œil, que le comité doit voir à ce que tous les jeunes gens soient là où ils sont censés se trouver et pas ailleurs. Maman lui a dit d'arrêter de dire des bêtises.

Il a dit aussi que nous devons aérer notre couchage et récurer notre couchette deux fois par semaine. Personne n'a le droit de fumer ni d'allumer un feu dans la cale.

Enfin, il a dit que nous allions recevoir nos rations alimentaires une fois par semaine et que chaque famille, à tour de rôle, devra envoyer un des siens faire cuire les repas en haut. Nos rations sont principalement du gruau d'avoine. Certains jours, nous aurons droit à du biscuit de mer. Papa ne sait pas quel goût a ce genre de biscuit.

Sur le pont, il y a deux foyers pour faire la cuisine. J'ai grimpé au haut de l'échelle de la cale pour les voir. Ce sont de grands caissons en bois, doublés de briques, avec des grilles de métal posées dessus. Papa dit que les feux seront allumés le matin dès sept heures, quand le temps le permettra, et qu'ils seront éteints à la tombée de la nuit. Je ne sais pas ce que nous devrons faire quand le temps sera maussade. On a demandé à quelques grands de voir à ce que le pont reste propre et que le réservoir d'eau soit rempli régulièrement. Michael a levé la main pour se proposer comme volontaire. La grande fille laide qui occupe la couchette voisine de la nôtre a commencé à lever la main, elle aussi. Mais son père l'a agrippée et la lui a fait baisser. Il lui a dit d'arrêter de vivre avec la tête dans les nuages.

Patrick était agité, alors maman m'a envoyée faire cuire le gruau. J'avais peur d'y aller. Et si je passais par-dessus bord? Et si je ratais la cuisson du gruau? Mme Keenan, la mère de la fille méchante, a offert de m'aider. Elle est très gentille. Je me demande comment il se fait qu'elle ait élevé une fille si désagréable.

Faire la cuisine sur ce foyer n'était pas aussi difficile que je le croyais. Je n'ai pas fait brûler le gruau. La fille méchante a englouti sa bolée gloutonnement. Mme Keenan ne l'a pas grondée.

## 10 mai 1847

Je n'ai plus peur de monter sur le pont. J'étais même très contente de pouvoir y aller aujourd'hui, pour prendre l'air. Maintenant que le navire est en haute mer, bien des passagers sont malades. En bas, on n'entend que des grognements et des vomissements. J'ai entendu le capitaine dire à papa que ceux qui prennent la mer pour la première fois de leur vie sont souvent malades. Il a dit que ça lui rappelait un psaume à propos d'une traversée de la mer. Il en a cité un verset : *Ils branlent et chancellent comme un homme ivre, et toute leur sagesse leur manque.*

Michael a le mal de mer. Maman aussi. Papa est plutôt pâle, mais il dit qu'il va bien. Je ne le crois qu'à moitié. Quant à moi, je me porte comme un charme.

## 11 mai 1847

J'ai trop la nausée pour pouvoir écrire longtemps. Michael dit que ça m'apprendra à m'être vantée trop tôt de ne pas avoir le mal de mer.

## 12 mai 1847
J'ai l'estomac qui se retourne dans tous les sens. Trop mal en point pour écrire.

## 13 mai 1847
Je déteste les bateaux à voiles autant que les bateaux à vapeur.

## 14 mai 1847
Ce matin, en me réveillant, je me sentais un peu mieux. Quand j'ai pris mon cahier pour écrire, maman m'a surprise. Je croyais qu'elle allait être fâchée, mais non. Elle m'a demandé à quoi il me servait. Je le lui ai expliqué. Elle a dit qu'elle espérait que ce ne serait pas un journal de tous nos malheurs. Elle m'a confié Patrick et elle est montée sur le pont pour faire la cuisine. Il lui a fallu une éternité, mais elle est revenue avec une énorme quantité de gruau. Elle a dit que nous pouvions nous le permettre puisque nous avons à peine touché à nos rations de toute la semaine.

J'avais une vraie faim de loup. J'ai mangé jusqu'à m'en faire éclater la panse. Je me demande si oncle Liam en fait autant, tous les jours, avec ses saucisses au lieu de mon gruau.

## 15 mai 1847

Michael a eu le sourire jusqu'aux oreilles durant toute la journée. Mais il ne veut pas me dire pourquoi. Il dit que c'est un secret. Des fois, il me tape tellement sur les nerfs.

Je suis montée avec maman pour faire cuire des galettes d'avoine. Il y a toujours plein de femmes rassemblées autour des foyers. Certaines font la cuisine. D'autres attendent leur tour avec impatience. Toutes bavardent et rapportent des commérages. Nous avons vu trois marins assis par terre, l'un à côté de l'autre, avec les jambes étendues bien droites. Ils reprisaient des voiles. Mme Keenan a dit qu'elle aurait bien aimé que son mari apprenne à repriser, car elle en aurait eu moins à faire.

Il n'y a rien d'autre que de l'eau tout autour de nous. Ça fait peur de penser à ce qui nous arriverait si le navire heurtait quelque chose et sombrait. Qui viendrait à notre rescousse?

Je n'ai pas vu la fille méchante depuis des jours, et c'est tant mieux.

## 16 mai 1847

Ce matin, après la messe sur le pont, j'ai découvert le secret de Michael. Il est furieux! Je l'ai vu se glisser furtivement au bout de la cale et se cacher derrière une pile de valises et de boîtes tenues en place par des câbles. Je me suis approchée sur la pointe des pieds et j'ai tendu l'oreille. Voici son secret : la fille méchante, de la famille Keenan, est un garçon! Il s'appelle Connor et il est recherché par la police. Il est à peine plus vieux que Michael. Sa bande de copains et lui ont menacé des *landlords* et en ont volé certains. Il a failli exploser quand je lui ai dit que c'était un péché de voler.

« Si c'est vrai, alors pourquoi on n'accuse pas les *landlords* et les marchands de voler les secours alimentaires fournis par le gouvernement britannique, destinés aux fermiers locataires d'Irlande, et de les revendre à l'étranger, alors que les Irlandais meurent de faim? » m'a-t-il demandé.

Et il a continué en parlant de cet enquêteur judiciaire du comté de Waterford qui prétend que toutes ces morts sont dues à « la négligence du gouvernement » qui n'a pas fourni à manger à la population.

Michael était tout à fait d'accord avec lui. Selon lui, pendant que les pommes de terre pourrissaient et que les gens ordinaires mouraient de faim, les *landlords* vendaient de l'avoine, du blé, de l'orge, du porc et du bœuf à l'étranger. Je n'ai pas eu besoin de demander à Michael d'où il le savait, car Connor approuvait de la tête à chaque mot. Je ne pouvais pas non plus critiquer ce qu'il disait, même si la cruauté des *landlords* n'excuse pas le vol, qui est un péché. Mais je n'étais pas d'humeur à discuter de ce qui est juste et ne l'est pas, car ils s'y seraient immédiatement opposés.

« On dit qu'une personne peut se retrouver avec le nez cassé ou la gorge tranchée à cause de ses opinions, ai-je dit en me tournant vers Connor. Mais, à ma connaissance, jamais personne ne s'est retrouvé changé en fille à cause de sa langue trop bien pendue. Sauf, visiblement, dans ton cas. Et, en plus, en fille idiote. »

« Ne t'occupe pas de ma petite sœur », a dit Michael.

Je déteste qu'il m'appelle ainsi, comme si j'étais encore un bébé!

« Je ne suis pas un bébé, ai-je dit. J'ai 13 ans. Et tu as seulement un an de plus que moi, Michael Leary. »

« Un an et demi », a rétorqué Michael le nez en l'air, comme si ça faisait une grosse différence.

Connor a ri. Il a dit qu'il n'avait jamais rencontré un bébé avec la langue si bien pendue. Il ne semblait pas être agacé par moi. Il a dit que sa mère avait si peur qu'il se fasse arrêter, puis pendre, qu'elle l'avait habillé en fille et avait raconté à tout le monde que c'était sa grande fille. Mais il avait beau faire tous les efforts du monde, il n'était jamais arrivé à se comporter vraiment comme une fille.

### 19 mai 1847

Je n'ai pas écrit depuis des jours. Je venais à peine

de quitter Michael et Connor, l'autre jour sur le pont, quand papa et M. Sullivan sont descendus dans la cale pour annoncer qu'une tempête se préparait. Mme Tattersall s'est aussitôt mise à se lamenter. M. Tattersall nous a expliqué qu'elle avait une peur maladive de la mer. Tandis qu'ils attendaient à Liverpool, elle avait rêvé que ses bébés et elle tombaient à la mer et étaient engloutis par les flots. Elle avait réussi à surnager et à se déplacer dans l'eau glaciale pour tenter de les attraper, mais ils avaient coulé à pic, comme des roches. Elle s'était réveillée en hurlant.

Papa dit que nous ne devons pas paniquer. Mais j'ai remarqué qu'il tenait entre ses doigts sa petite médaille en fer blanc représentant saint Joseph, comme il le fait toujours quand il prie tout bas. (C'est une petite médaille sans valeur, avec une encoche sur le côté. Le saint Joseph est presque effacé parce que papa le frotte tout le temps avec son pouce. D'aussi loin que je me souvienne, il l'a toujours portée à son cou.) Il dit que le capitaine va fermer les écoutilles pour empêcher l'eau d'inonder la cale. Une autre femme s'est alors mise à se lamenter et, en réaction, des marmots ont commencé à pleurer. Papa est allé la rejoindre et, d'un ton calme, mais ferme, lui a dit d'arrêter parce qu'elle donnait le mauvais exemple aux enfants. Elle a fermé la bouche comme si Dieu était descendu du Ciel et lui avait cloué le bec.

Blanche comme un drap et le regard noir comme le charbon, elle a levé les yeux vers papa et elle a approuvé de la tête.

La tempête est arrivée sur nous comme une armée de Banshies. Le vent hurlait et secouait le navire. Les écoutilles étaient fermées, et nous étions plongés dans le noir le plus total. Nous n'avions même pas le droit d'allumer une bougie, par crainte d'un incendie. L'obscurité a jeté tout le monde, hommes, femmes et enfants, dans le plus grand silence. Le vent a semblé en profiter pour prendre d'assaut le navire en poussant des hurlements de bataille.

Au début, tout le monde a fait un gros effort. Une femme chantait une douce berceuse à son bébé qui pleurnichait. À côté de moi, maman marmonnait des prières. J'en ai dit une à voix basse parce que, même si j'étais bien décidée à être aussi courageuse que papa, dans les faits, j'étais morte de peur. Et si le navire ne tenait pas le coup? Et si les énormes vagues avaient raison de lui? Il n'y avait aucune terre en vue et personne pour venir à notre rescousse.

Après avoir été longtemps secouée dans tous les sens et rendue presque sourde par le bruit du vent, j'ai entendu un grand fracas, comme si toute une étagère de vaisselle était tombée sur du dallage. Puis j'ai entendu des cris. Une vague avait-elle réussi à défoncer le flanc du navire? Un passager avait-il été écrasé par des caisses? Dans l'obscurité, impossible de le dire.

Entre les gémissements des passagers et les hurlements du vent, j'ai entendu papa qui réclamait de l'aide. Des caisses et des coffres avaient déboulé sur le plancher de la cale, et il fallait les fixer, sinon ils risquaient de heurter la coque et de l'abîmer. Michael s'est levé de notre couchette pour aller lui prêter main-forte.

Je suis restée étendue à ma place, recroquevillée comme un petit agneau mort de peur et je tenais fermement la planche du bord de la couchette, de peur de tomber.

Quelle tempête! Et pas moyen de savoir depuis quand elle durait, car nous ne pouvions voir ni le Soleil ni la Lune ni les étoiles. Il n'y avait que l'obscurité, vite envahie par l'odeur du vomi et des seaux à ordures renversés. Et les balancements et les vibrations du navire nous barbouillaient sans cesse l'estomac.

J'ai pensé à Noé et au Déluge auquel il a survécu dans sa petite arche abritant toutes les créatures du monde. Était-il aussi effrayé et malade que moi? Ou sa foi lui donnait-elle du courage?

Dans la cale, l'odeur est devenue si abominable à cause du vomi et du manque d'aération qu'un passager (je ne sais pas qui) a proposé qu'on ouvre une écoutille pour avoir de l'air frais. Quelques passagers étaient d'accord. Papa a alors tenté par tous les moyens de leur faire comprendre que, s'ils le faisaient, le navire risquait de sombrer.

La tempête a fini par faiblir. Je m'étais endormie, et le calme et le silence m'ont réveillée. L'écoutille avait été ouverte. Un rayon de lune entrait dans la cale et éclairait une personne qui se tenait debout. C'était papa, la tête levée vers le ciel et les yeux fermés. Je n'en suis pas absolument sûre, mais je crois qu'il remerciait Dieu.

## 20 mai 1847

Il y a beaucoup de ménage et de réparations à faire, mais tout le monde est de bonne humeur. Le capitaine a dit à papa que cette tempête était la pire de toute sa carrière de vieux loup de mer et que ce doit être un bon présage si personne n'en était mort. Des hommes, dont papa, aident l'équipage à réparer le gréement et les mâts. Toutes les femmes et tous les enfants qui en sont capables nettoient la cale. De nombreuses personnes ont été malades pendant la tempête, et il était impossible de nettoyer au fur et à mesure. La plus grande partie s'est étalée sur le plancher. Alors, maintenant, nous devons le récurer du mieux que nous le pouvons, quitte à en avoir mal aux bras et au dos. Nous avons aussi lavé et aéré les couchages et jeté les ordures.

Connor était obligé de rester dans la cale et de nettoyer, même s'il aurait préféré être sur le pont. La plupart des passagers savent maintenant que c'est un garçon. Mais personne ne le trahira. Quand il monte sur le pont, c'est-à-dire assez rarement, il se couvre la tête avec un châle et reste derrière sa mère, comme une grande fille trop timide.

## 21 mai 1847

Le capitaine est venu en personne inspecter la cale. Le bruit court qu'il se fait du souci à cause de la fièvre des bateaux. Plusieurs marmonnent que l'absence de maladie à bord est un miracle, surtout avec la mauvaise alimentation fournie. Et dire que, il y a à peine quinze jours, ces mécontents crevaient de faim!

## 22 mai 1847

Ce matin sur le pont, en me rendant au foyer pour préparer le déjeuner, j'ai entendu Mme Tattersall dire tout bas à maman que son mari ne se sentait pas bien. Il est resté éveillé toute la nuit, étendu sur la couchette, et il a mal aux bras et aux jambes. Maman dit qu'elle doit avertir le capitaine, car il a une trousse de premiers soins et qu'il pourra sans doute faire quelque chose. Mme Tattersall s'est dite d'accord, même si son mari prétend que ça va passer. Le capitaine est venu le voir et lui a fait prendre un purgatif. Il est resté couché toute la journée.

### 23 mai 1847

Ce matin, M. Tattersall était de nouveau sur pied et il a assisté à la messe sur le pont. Il était pâle, mais il a siffloté un air pour ses petits pendant que sa femme était plus loin sur le pont, occupée à préparer du gruau. Mais vers midi, il était retourné à sa couchette et il tremblait de tous ses membres. Puis, il s'est mis à faire de la fièvre et à gémir. Le capitaine est revenu avec son médicament. Avant de retourner sur le pont, il a fait signe à papa de le suivre. Quand papa est revenu, il avait l'air grave, comme un juge au tribunal. Mais il s'est efforcé de sourire quand maman lui a demandé si ça allait. Elle n'a pas insisté. Mais moi, je n'arrête pas de me demander ce que le capitaine lui a dit.

### 24 mai 1847

M. Tattersall est en état de stupeur. Il reste étendu sans bouger, respire à peine et geint comme un petit enfant. Sa femme est dans tous ses états.

Mme Donnell a des courbatures et de la fièvre. Quelques autres passagers aussi.

### 27 mai 1847

J'ai été très occupée, ces derniers jours. Maman a pris soin de tous les petits Tattersall afin que leur mère puisse s'occuper de son mari. Je suis responsable de notre bébé Patrick, qui n'arrête pas de faire des caprices.

## 28 mai 1847

Triste nouvelle : M. Tattersall est mort. On l'a découvert ce matin. Sa femme s'est réveillée et a trouvé son corps déjà refroidi à son côté. Elle a tant pleuré! Les enfants aussi. Maman a fait de son mieux pour les calmer, et papa est monté avertir le capitaine. Dans le temps de le dire, il est arrivé dans la cale avec trois hommes d'équipage qui sont repartis avec M. Tattersall. Le capitaine et papa ont fait le tour de la cale et ont parlé à chaque famille. Quand le capitaine est reparti, papa avait l'air troublé.

Une heure plus tard, les deux marins avaient cousu M. Tattersall dans un linceul et l'avaient lesté avec une pierre. Le capitaine a lu un passage de la Bible, et M. Tattersall a rejoint son dernier lieu de repos, au fond de l'océan. Sa femme pleurait. Finalement, son affreux cauchemar s'était réalisé, sauf que c'était son mari, et non ses enfants, qui avait coulé à pic.

## 30 mai 1847

Deux autres passagers ont été passés par-dessus bord dans des linceuls. Après le service funèbre, nous sommes restés sur le pont, et quelqu'un a aperçu un requin. Un autre a marmonné qu'on jetait les morts à la mer comme des carcasses de moutons qu'on balance dans une fosse.

D'autres passagers sont tombés malades.

## 1<sup>er</sup> juin 1847

M. Keenan, le père de Connor, est malade, avec de la fièvre. Colleen, sa sœur, aussi. Mme Keenan en prend soin de son mieux. Connor est responsable de ses petits frères : Kerry, Kevin et le petit Daniel. Michael et moi l'aidons. Je leur ai parlé de ce qui nous attend au Canada. Je le sais grâce à oncle Liam et à ses lettres. Kevin n'arrête pas de me demander de lui décrire un orignal. J'essaie de mon mieux. Oncle Liam dit que l'orignal est plus grand qu'un homme et que son panache est plus large que les deux bras complètement étendus d'un homme de grande taille. Il dit qu'un orignal peut suffire à nourrir une famille entière pendant tout un hiver.

Kerry veut tout savoir sur les ours, les loups et les autres bêtes sauvages qui ont des griffes et des crocs. Il se vante de vouloir apprendre à chasser dès qu'il sera au Canada et qu'aucune bête sauvage ne saura lui résister s'il est dans les parages. Daniel, qui n'a que trois ans, se cache le visage contre Connor chaque fois que Kerry grogne comme un ours.

Maman s'inquiète pour Patrick. Il a geint et pleurniché toute la journée. Papa dit que c'est probablement une dent qui veut percer. Mais maman refuse de le croire. Elle a une peur bleue qu'il attrape la fièvre.

## 3 juin 1847

Eileen Cairns, âgée de huit ans, et Thomas Kelleher, âgé de dix ans, sont morts la nuit dernière. Leurs mères ont énormément pleuré. Mme Kelleher ne voulait pas lâcher Thomas. Papa a dû demander à maman et à d'autres femmes de la retenir pendant qu'on emmenait Thomas sur le pont pour sa sépulture. Quand son corps a finalement été jeté à la mer, Mme Kelleher s'est précipitée contre le bastingage, avec l'intention d'aller le rejoindre. Elle a été sauvée grâce aux bons réflexes du capitaine en second. Il a attrapé sa jupe et a crié très fort pour demander de l'aide. Deux marins sont venus lui prêter main-forte. Mais même avec leurs trois paires de bras, ils ont eu du mal à l'empêcher de se jeter à la mer. Son mari l'a finalement attrapée par la taille et l'a serrée très fort contre lui. Il pleurait.

« Le pauvre! » a dit papa, en secouant la tête.

Maman serrait Patrick dans ses bras. Je l'ai entendue chuchoter à papa qu'il a perdu l'appétit et qu'il a le corps tout chaud.

Plus tard, Connor m'a dit qu'il a entendu M. Kelleher dire qu'il regrettait d'avoir quitté l'Irlande. Il a dit que ce serait mieux si Thomas était mort en Irlande, car on aurait pu l'y mettre en terre, avec un prêtre pour officier, au lieu d'être jeté à la mer comme un vulgaire détritus.

Michael a dit que, si les Kelleher étaient restés en Irlande, ils seraient probablement déjà tous morts de faim.

« Au moins, nous avons à manger à bord, même si ce n'est pas grand-chose », a-t-il dit.

Connor a approuvé. Mais il a aussi dit que, quand un mort est jeté à la mer, il est oublié à jamais. Sa famille ne pourra jamais le visiter là où il repose ni indiquer où est située sa tombe à ceux qui viendront après. En disant cela, il a frissonné. Michael l'a taquiné en lui disant qu'un esprit venait probablement de passer. Je lui ai donné un bon coup de coude dans les côtes. Il y a trop de malades pour faire une blague de si mauvais goût.

### 5 juin 1847

Connor dit que Colleen est couverte de boutons de la tête aux pieds et que son père dort par intermittence. Kevin et Kerry ne vont pas bien non plus. Mme Keenan est épuisée à force de s'occuper de tout son monde.

Patrick a été agité toute la journée, sauf quand il dormait. Maman s'en occupe tout le temps, en lui rafraîchissant le front avec de l'eau et en essayant de le faire boire un peu.

La nuit dernière, j'étais couchée, coincée entre

maman et Michael, et j'ai été prise d'une horrible inquiétude. Et s'il y avait eu la fièvre sur le navire d'Anna? Et si elle était tombée malade? Et si...

Je ne veux pas écrire ces mots. J'ai décidé de prier pour elle tous les soirs.

On dirait bien que Connor, Michael et moi sommes devenus les gardiens des enfants. Nous les emmenons sur le pont, au grand air, et nous faisons de notre mieux pour les amuser. Ainsi, leurs mères peuvent s'occuper de leurs tâches ménagères et, de plus en plus souvent, de leurs malades. J'ai épuisé mon répertoire de contes, comptines et chansons, et j'ai fait jouer les enfants à tous les jeux qu'on peut faire dans un espace restreint.

### 8 juin 1847

J'ai été très occupée et je n'ai pas eu le temps d'écrire. Le père de Connor est mort avant-hier. Colleen l'a suivi. Kevin est très malade. Mme Keenan est anéantie de chagrin. En plus, notre Patrick va de mal en pis. Maman ne veut pas le laisser une seule seconde, même si papa lui offre de le prendre afin qu'elle puisse se reposer. Elle le berce dans ses bras, lui chante des chansons et essaie de lui faire avaler un peu de nourriture afin de lui donner des forces.

Pour ne rien arranger, une tempête s'est levée au moment même du service funèbre. Quatre personnes sont mortes, dont le père et la sœur de Connor.

Tout de suite après, les écoutilles ont été fermées, comme l'autre fois. Pendant deux jours et deux nuits, le vent a soufflé et la mer a secoué notre navire comme une vulgaire coque de noix. À travers ses gémissements, Mme Kelleher a crié que la tempête avait été déclenchée par les âmes en peine des morts dont les corps n'ont pas été enterrés au cimetière, comme le veut l'Église. Pendant toute la nuit, elle se lamentait si fort que sa voix couvrait presque les rafales de vent. Puis elle a arrêté. J'ai entendu M. Kelleher dire à maman que sa femme était fiévreuse.

Je voudrais tant que ce voyage se termine! Je voudrais être déjà au Canada!

Oncle Liam dit que l'air y est toujours bon à respirer. Les forêts, dit-il aussi, sont si vastes qu'un homme, même grand et fort comme papa, doit marcher pendant toute une semaine, et même plus, pour arriver à les traverser et qu'elles résonnent de mille chants d'oiseaux, dont certains lui étaient inconnus en Irlande.

### 9 juin 1847

Notre Patrick n'est plus.

Il est mort si rapidement, le pauvre petit. Maman est inconsolable. Elle se fait des reproches.

« Si seulement je t'avais écouté, répète-t-elle sans cesse à papa. Si seulement nous étions partis l'an dernier, quand Liam a envoyé l'argent nécessaire pour être bien logés en mer. Si seulement nous n'avions pas été réduits à ceci. »

Papa dit que c'est facile de dire « si seulement », mais qu'il est très difficile de prédire l'avenir. Personne ne pouvait prévoir que la situation tournerait si mal, dit-il à maman. Mais elle ne semble pas l'entendre. Et elle recommence à parler toute seule en marmonnant des : « Si seulement… Si seulement… »

Papa a eu du mal à la convaincre de lui donner Patrick. Pendant tout le service funèbre, il la tenait bien serrée contre lui. Je crois qu'il pensait à Mme Kelleher.

### 10 juin 1847

Je ne m'étais jamais rendu compte de toute la place que Patrick prenait dans nos vies. Il était si petit, si mignon, et toujours souriant. Maintenant qu'il est mort, notre couchette nous semble bien vide et silencieuse. Maman est dans tous ses états. Papa la réconforte, mais il regarde dans le vide, et je suppose qu'il pense à Patrick.

### 11 juin 1847

Mme Kelleher est morte, et j'ai peur pour maman. Elle est restée étendue sur la couchette toute la journée. Elle a refusé de manger le gruau que je lui ai apporté. J'espère qu'elle ne va pas tomber malade. Je crois que je ne le supporterais pas s'il lui arrivait quelque chose ou si nous devions l'abandonner dans les profondeurs de l'océan.

On dirait que le temps a décidé de s'accorder avec l'atmosphère morose qui règne dans notre bateau. Il pleut depuis hier soir. Papa a recruté quelques hommes pour l'aider à recueillir l'eau de pluie, car la provision d'eau à boire du navire sent mauvais et a un goût horrible. Par-dessus le marché, les passagers continuent de se plaindre de la nourriture. Le biscuit de mer est si plein de son (habituellement, on le donne aux chevaux) qu'il est difficile à digérer, et plusieurs en tombent malades. Je rêve des pommes de terre que maman nous tirait du feu, autrefois. Leur chair était si tendre et si légère, et elles avaient si bon goût, avec un peu de lait et une pincée de sel. Je m'ennuie à mourir de l'époque où tout allait bien.

### 12 juin 1847

Maman est de nouveau sur pied. Elle ne parle pas. Elle fait ses tâches ménagères en silence. Annie Malone, qui occupe la couchette sous la nôtre, est frissonnante malgré son châle qui l'enveloppe et la chaleur étouffante qu'il fait dans la cale.

### 13 juin 1847

Maman est restée étendue sur la couchette toute la journée, le visage tourné face au mur, et elle n'a même pas assisté aux offices religieux. Papa est couché à côté d'elle et lui tient la main. Il dit qu'elle a le cœur brisé à cause de Patrick. Il dit qu'elle nous aime tous les deux, Michael et moi, mais que la mort lui a pris quatre bébés qu'elle aimait aussi. Il dit que perdre un enfant est la pire des choses pour une mère.

Tard dans l'après-midi, la nouvelle est arrivée dans la cale qu'un membre de l'équipage était mort de la fièvre et qu'il avait été jeté à la mer. Michael dit que les marins ont l'habitude de ce genre de malheur.

## 14 juin 1847

Encore trois autres morts, dont Kevin Keenan. Et encore plus de malades.

## 15 juin 1847

Ce matin, papa nous a secoués, Michael et moi, pour nous réveiller. Je me suis assise si brusquement que je me suis frappé la tête au plafond. Puis j'ai pensé à maman et j'ai touché sa main. Elle était chaude et elle a remué un peu.

« Montons sur le pont », a dit papa.

Michael et moi avons grimpé l'échelle, derrière lui. Il a pointé son doigt vers l'horizon.

« Le Canada? » a demandé Michael, l'air tout éberlué de voir enfin la terre.

« C'est l'île du Cap-Breton, a dit papa. Son nom lui a été donné par les Français qui vivaient là, autrefois. Nous sommes loin de l'Irlande, et la traversée a été difficile. Mais c'est presque terminé. »

Nous sommes restés avec papa pendant un bon moment. Nous sommes passés devant une autre île qui s'appelait l'île Saint-Paul, selon le capitaine. Un phare se dressait dessus. Papa a dit qu'il y avait donc un gardien de phare. Mais s'il y avait d'autres habitants sur cette île, ils restaient bien cachés.

Plus tard, nous sommes entrés dans le golfe du Saint-Laurent, et j'ai vu des baleines! Cinq en tout, et très grosses!

## 16 juin 1847

Le navire avance si lentement qu'un homme marchant à pied irait plus vite. Mais nous sommes au Canada et, depuis le navire, on peut voir des collines couvertes de forêts, et de jolies petites fermes qui bordent la côte.

## 17 juin 1847

J'étais sur le pont, encore une fois, en train d'admirer les gros nuages dans le ciel, les riches teintes de vert des champs et des forêts et le bleu profond de la mer, quand j'ai eu la peur de ma vie. J'ai regardé en bas, et un corps flottait dans l'eau. J'ai été parcourue par un frisson de terreur parce que ce corps n'était pas dans un linceul et j'ai pensé à tous ceux que nous avions jetés à la mer. J'ai murmuré une prière et j'ai détourné le regard. Mais je crois que cette vision va me hanter longtemps.

## 18 juin 1847

Nous sommes arrivés à Québec, une ville située sur la rive nord du fleuve Saint-Laurent, et le capitaine a ordonné un grand nettoyage. Il dit que le gouvernement du Canada va envoyer un inspecteur visiter notre navire. Comme nous avons eu des cas de fièvre à bord, ceux qui ne sont pas bien seront envoyés dans un hôpital à Grosse-Île, qui n'est pas très loin de Québec. Ceux qui sont en bonne santé seront mis en quarantaine. Le capitaine ne savait pas combien de temps allait durer cette quarantaine.

Moi, j'ai follement hâte de débarquer. Nous sommes moins nombreux qu'à l'embarquement, mais papa dit que ceux qui, parmi nous, peuvent encore tenir debout doivent continuer.

## 21 juin 1847

Le père de papa disait toujours : « Prends garde aux souhaits que tu fais. » J'ai toujours trouvé ce conseil bizarre. C'est vrai : si on souhaite une chose du fond du cœur, à quoi faudrait-il faire attention? Maintenant, je comprends. Nous avons passé deux jours à souhaiter la visite du docteur qui devait nous examiner et, pendant tout ce temps, j'étais impatiente de débarquer. Mais quand il est arrivé, les choses ne se sont pas passées comme je l'avais imaginé.

Le capitaine nous a fait mettre en rangs. Le docteur était un homme grand, à l'air sévère. Il n'a pas souri une seule fois. J'ai vu sa tête qui dépassait celles des gens devant moi. Il n'avait pas fait cinq pas quand on a entendu un long gémissement. Je n'ai pas vu ce qui s'était passé, mais Michael l'a appris de Connor qui était dans le rang devant lui. Il a ordonné qu'une femme aille à l'hôpital, mais ses enfants ont été déclarés en bonne santé et ne peuvent pas l'accompagner. Comme son mari est mort en mer, les enfants n'ont plus personne pour s'occuper d'eux, et la mère s'inquiète de leur sort. Finalement, papa a fait ce qu'il pouvait pour la convaincre que les autres passagers en prendraient soin.

Avant que le docteur ait fini son inspection du premier rang, deux autres passagers ont été envoyés à l'hôpital. Le premier était un célibataire, et personne n'a donc pu protester contre cette décision. L'autre était un enfant, et sa mère était bien décidée à l'accompagner. Le docteur était tout aussi décidé à l'en empêcher.

Quand le docteur est arrivé à notre rangée de passagers tout débraillés, un bon tiers des passagers des rangs précédents avaient été retirés pour être emmenés à l'hôpital. J'ai essayé de me tenir bien droite afin de ne pas être trahie par le moindre tremblement. Quand le docteur a eu fini de m'examiner, j'ai poussé un si gros soupir de soulagement qu'il s'est retourné pour me regarder de nouveau. Derrière ses lunettes, ses yeux étaient petits et ternes. Mais il m'a jeté un regard si perçant que j'ai cru qu'il me jetait le mauvais œil. Finalement, il s'est retourné et s'est déplacé vers Michael, qui a passé l'inspection, puis vers maman. Tandis qu'il l'examinait de la tête aux pieds, j'ai remarqué qu'elle était bien maigre et frêle comparée au gros docteur. Elle avait les joues rouges. Le docteur lui a dit de sortir du rang. Elle n'a pas bougé.

Le docteur a répété son ordre d'un ton cassant, comme si maman lui faisait perdre son temps en ne lui obéissant pas immédiatement. Mais maman n'a pas bronché. Le docteur s'est tourné vers le capitaine pour réclamer son aide. Le capitaine s'est tourné vers papa. Tous les deux en étaient venus à se respecter. Papa avait remarqué plus d'une fois la compétence du capitaine et le soin qu'il prenait de ses passagers. Selon lui, c'était plutôt rare chez les capitaines au long cours. Quant au capitaine, il s'adressait toujours à papa en l'appelant M. Leary et ne se montrait jamais condescendant envers lui. Chaque fois qu'il y avait un problème avec les passagers, il demandait à voir papa et il écoutait ses conseils. Alors, quand j'ai vu dans les yeux du capitaine qu'il se faisait du souci pour papa, je me suis sentie parcourue par un grand frisson.

Ils ont échangé un long regard. Puis papa a dit : « Viens, Eileen. » Et il a aidé maman à sortir du rang. Il lui a parlé à l'oreille, l'a embrassée et l'a serrée dans ses bras avant qu'on l'emmène.

Mme Keenan était parmi ceux qu'on devait emmener. Le docteur a regardé Connor, la tête couverte de son châle comme d'habitude, avec beaucoup d'insistance. J'avais peur qu'il l'envoie à l'hôpital lui aussi. Michael avait peur que son secret soit découvert. Connor jure que le docteur savait qu'il était un garçon. Mais, pour une raison inconnue, il avait laissé passer. Connor lui en est très reconnaissant. Il n'y a personne d'autre pour s'occuper de Kerry et Daniel.

### 22 juin 1847

J'étais si inquiète pour maman et j'avais si peur de ce qui pourrait lui arriver que j'ai pleuré jusqu'à ce que Michael perde patience et me dise de me montrer plus forte. Il a dit qu'on a emmené maman à l'hôpital de Grosse-Île, où des infirmières et des docteurs prennent soin des malades. Michael n'a pas cessé de ronchonner. Il croyait que, une fois les malades débarqués, les autres passagers seraient libres de descendre à terre. Mais non. Nous devons rester à bord pendant encore six jours, car les autorités veulent s'assurer que personne d'autre ne tombera malade.

## 23 juin 1847

Des rumeurs circulent parmi les passagers. Certains disent que plus de deux douzaines de navires attendent que les autorités médicales les inspectent et envoient leurs malades à terre, et qu'on va nous garder sur le navire pendant des semaines. D'autres prétendent que nous débarquerons bientôt. Les passagers de notre navire qui sont en bonne santé se répartissent en deux groupes. D'abord, il y a ceux qui ont un membre de leur famille à l'hôpital. Plusieurs d'entre eux, en particulier les femmes, sont au désespoir, car ils croient qu'ils ne les reverront jamais. Ensuite, il y a ceux qui n'ont aucun proche à l'hôpital et qui jurent qu'ils sont en bonne santé. Ils réclament de débarquer. Et si c'est impossible, ils veulent qu'on leur apporte de la nourriture et de l'eau potable.

Apparemment, c'est difficile à obtenir. Selon le capitaine, ce serait parce qu'il y a trop de bateaux avec des malades. En plus, les Québécois ne veulent pas avoir affaire aux passagers des navires. À leurs yeux, nous ne faisons qu'apporter la maladie dans leurs villes. Michael m'a dit qu'il a entendu le capitaine dire à un de ses officiers que les journaux sont remplis d'articles racontant que les *landlords* d'Irlande envoient leurs déchets au Canada. Entre-temps, le nombre des malades continue d'augmenter, ce qui cause encore plus d'inquiétude et de panique.

Des hommes en colère sont allés voir le capitaine et ont exigé de savoir si les autorités avaient l'intention de nous laisser à l'ancre sur le fleuve Saint-Laurent jusqu'à ce nous soyons tous morts de la fièvre des bateaux ou de faim et de soif. Tout le monde est mécontent.

Je pense tout le temps à maman et je prie pour qu'elle guérisse.

### 24 juin 1847

Neuf autres passagers sont tombés malades et ont été emmenés à terre. Tout le monde a le moral à plat, surtout depuis que nous avons appris que trois enfants et deux femmes de notre navire étaient morts à l'hôpital. Maman n'en faisait pas partie, et j'en remercie Dieu. Mais il y a un peu de confusion quant aux noms des deux mortes, et Connor est inquiet. Il ne sait pas si sa mère est morte ou non.

### 25 juin 1847

Une nouvelle rumeur circule. Comme les navires à l'ancre sont si nombreux sur le fleuve, on va nous permettre de descendre quelques jours en avance, et nous serons conduits à Montréal. Les passagers sont très excités de cette bonne nouvelle, mais pas moi. Nous ne savons rien de maman. Le capitaine a dit à papa qu'il va faire ce qu'il peut pour se renseigner à son sujet, mais il l'a averti que ce ne serait pas facile.

Plus d'un millier de malades sont sur l'île, et les infirmières et les docteurs sont épuisés.

## 26 juin 1847

La nuit dernière, des chuchotements m'ont réveillée. C'était Michael. Je ne voyais pas avec qui il parlait, mais c'était facile à deviner. L'instant d'après, le petit Daniel, profondément endormi, a été déposé dans notre couchette, tout contre moi. Papa, de l'autre côté, n'a pas bougé. Michael m'a dit qu'il allait surveiller Kerry, puis il s'est glissé dans la couchette des Keenan. Je voulais lui demander pourquoi Connor ne s'occupait pas de ses deux petits frères, mais il m'a fait taire. J'allais découvrir ce qui se passait seulement des heures plus tard.

J'ai fait tout ce que je pouvais pour rester éveillée, mais j'ai fini par m'assoupir. Quand j'ai rouvert les yeux, Michael tenait Daniel dans ses bras et le redonnait à Connor. Celui-ci était trempé de la tête aux pieds. Il n'a pas dit un mot. Plus tard au déjeuner, Michael m'a dit que maman était encore en vie. Mais Connor lui avait rapporté qu'elle était très fiévreuse et n'avait plus toute sa tête. Il a alors jeté un coup d'œil du côté de notre couchette où papa dormait encore.

« Je crois que tu ne devrais pas le dire à papa », m'a-t-il dit.

« Comment Connor a-t-il...? » ai-je commencé

à dire.

Puis je me suis souvenue de lui, tout dégoulinant sur le plancher de la cale.

Connor était allé à terre pour retrouver sa mère. Il en avait profité pour voir la nôtre aussi. J'ai demandé à Michael comment allait Mme Keenan. Son regard sombre m'a fait comprendre qu'elle était morte.

« Mais qu'allons-nous faire? ai-je demandé. Nous ne pouvons pas partir sans maman. »

« Papa va parler au capitaine, a dit Michael. Si elle va mieux, on trouvera sûrement un moyen de la ramener auprès de nous. »

« Tu veux dire *quand* elle ira mieux », ai-je dit abruptement.

Michael ne s'est pas corrigé. Il n'a plus dit un mot.

### 28 juin 1847

Kerry Keenan a été emmené à l'hôpital. Je devrais plutôt dire qu'il a été arraché des bras de Connor, car celui-ci ne voulait pas le laisser partir. Il était convaincu qu'il mourrait dans cet hôpital.

« Il va mourir ici, si on ne prend pas soin de lui, a dit le capitaine. Et les autres qui sont en santé vont tomber malades. Toi-même, tu vas tomber malade. »

Finalement, pendant qu'on faisait débarquer Kerry, quatre hommes d'équipage ont dû retenir Connor qui se débattait comme un diable pour se libérer. Au début, ils semblaient étonnés de voir tant de force chez une fille. Puis l'un d'eux a crié, l'air tout étonné : « C'est un garçon, pas une fille! » Mais Connor a continué de donner des coups de poing et de pied jusqu'à ce qu'un des officiers le frappe par derrière et qu'il s'écroule sur le pont. Le capitaine a ordonné qu'on l'enferme jusqu'à ce que nous débarquions demain.

Papa a parlé au capitaine, qui a accepté de ne pas faire arrêter Connor pour le remettre aux mains de la police, même si le fait qu'il se soit déguisé en fille indiquait clairement qu'il était recherché. Il a dit à papa qu'il faisait cela seulement par pitié pour la famille de Connor qui a été si durement frappée par la maladie et seulement à condition qu'il se tienne tranquille.

Michael et moi prenons soin de Daniel.

### 3 juillet 1847

J'écris ces mots à Montréal. J'ai le cœur brisé par la plus immense peine de toute ma vie.

J'ai déjà essayé de le raconter par écrit, mais j'en étais incapable. Je vais essayer de me reprendre maintenant.

Il y a trois jours, quand nous avons enfin pu débarquer, c'était pour embarquer aussitôt sur une barge fluviale se rendant à Montréal. Apparemment, c'est un trajet de deux jours en remontant le fleuve.

Connor, maintenant habillé en garçon, était très reconnaissant envers le capitaine et l'a remercié avant de débarquer. Mais quand nous avons été sur Grosse-Île et que le capitaine en second a refusé de lui donner la permission d'aller voir Kerry, Connor a encore essayé de s'échapper.

Quelle histoire! Je ne sais pas ce qui m'a pris, mais pendant que tout le monde s'occupait de Connor, je me suis sauvée à l'hôpital. Tout comme lui, qui refuse d'abandonner Kerry, je ne peux pas m'imaginer abandonner maman. Et je voulais lui dire que nous allions la ravoir auprès de nous quand elle aurait retrouvé la santé et regagné des forces.

En m'approchant du premier bâtiment de construction grossière, qui était entouré de tentes, j'ai arrêté de courir. Je n'avais jamais vu tant de malades entassés les uns sur les autres. Je suis restée bouche bée, à voir toutes les rangées de pauvres malades étendus sur des lits étroits et crasseux. J'ai même vu des couchettes occupées par deux personnes. Plusieurs n'avaient plus que la peau et les os. Certains gémissaient, souffrant le martyre ou réclamant qu'on les soulage. Je me suis dit que j'étais sans doute dans la baraque des patients les plus malades, pour lesquels il n'y avait plus aucun espoir. Dieu merci, je n'y ai pas trouvé maman.

Je me suis retournée, prête à partir, quand j'ai entendu une petite voix qui réclamait de l'eau. J'ai honte d'avouer que je ne savais pas si ce malade était un homme ou une femme, tant son visage et ses cheveux étaient sales et son corps, amaigri. J'ai regardé autour de moi et je n'ai vu personne, ni docteur ni infirmière, qui puisse lui répondre. Mais j'ai aperçu un tonneau et je me suis dirigée dans ce coin de la salle. Une louche pendait sur le côté. Je l'ai plongée dans l'eau et l'ai apportée au malade qui avait réclamé à boire. Il était incapable de soulever la tête. (« Il » parce que, de près, j'ai vu que c'était un jeune homme, à cause du duvet sur son visage.) Il a fallu que je glisse ma main dans son dos pour l'aider à se redresser un peu. Et l'odeur de la paille pourrie sur laquelle il était couché : quelle puanteur! Je sais que je ne devrais pas le dire, mais il sentait la mort. Tandis qu'il buvait son eau, des malades autour de lui en ont réclamé aussi. Ils avaient soif. Je suis retournée remplir la louche au tonneau tant que j'ai pu. Puis je me suis dit que la barge fluviale allait partir sans moi et qu'elle emmènerait papa et Michael à Montréal où je ne pourrais jamais les retrouver. J'ai donc abandonné ces pauvres malades assoiffés et j'ai couru vers une autre baraque, à la recherche de maman.

Quand je l'ai aperçue, je me suis sentie submergée de bonheur. Ses yeux étaient ouverts, alors j'ai souri et je l'ai saluée de la main. Mais elle n'a pas souri et ne m'a pas saluée de la main.

En courant la rejoindre, j'ai vu qu'elle était

couchée par terre, sans même un drap sur lequel s'étendre. Je suis tombée à genoux sur le plancher crotté. Ses yeux fixaient le plafond en bois. Mes doigts tremblaient quand j'ai tendu la main pour toucher son visage. Il était froid sous mes doigts. J'ai lâché un hurlement. Au même moment, deux mains m'attrapaient par-derrière et me remettaient sur mes pieds.

C'était Michael.

« Johanna, tu dois venir, m'a-t-il dit. Le bateau va partir. »

Puis ses yeux se sont posés sur le pauvre corps gisant à mes pieds, et il a crié de frayeur. Il a tendu la main pour toucher le visage de maman. Pendant un instant, il n'a fait que la regarder, semblant incapable de bouger. Puis, d'une main tremblante, il lui a fermé les yeux.

« Papa nous attend », a-t-il fini par me dire, en m'entraînant avec lui.

Je ne voyais plus rien, tant je pleurais, et je marchais en titubant tandis qu'il me tirait derrière lui comme un chariot. Quand nous sommes arrivés à la barge, je n'arrivais pas à regarder papa. J'ai laissé à Michael le soin de lui raconter ce que nous avions vu.

Pauvre papa! En apprenant la nouvelle de la bouche de Michael, les larmes lui sont montées aux yeux. Il a pris entre ses doigts la médaille de saint Joseph qui pendait à son cou et a murmuré une prière pour maman. Puis, il a fermé les yeux et est resté silencieux pendant quelques minutes. Je ne suis pas absolument sûre de ce qui se passait dans sa tête, mais je crois qu'il repassait ses souvenirs de maman quand les choses allaient mieux ou peut-être quand ils ont commencé à se fréquenter. Il s'était souvent vanté en disant que c'était la plus belle fille qu'il avait rencontrée de toute sa vie et qu'il avait eu l'intelligence de lui ravir son cœur. Quand il a enfin rouvert les yeux, il a posé un bras sur mes épaules et l'autre sur celles de Michael et il nous a serrés très fort contre lui. Nous étions tout ce qu'il lui restait.

Et c'était vrai pour Michael et moi, aussi.

La remontée du fleuve a duré deux journées entières. Nous étions tous entassés sur le pont, comme des billes de bois. Il y avait si peu d'espace que, si on s'assoyait par terre, on risquait très fort de se faire piétiner. Mais peu m'importait. Tout ce que j'avais en tête, c'était que maman était morte seule dans cet horrible endroit. Papa et Michael devaient avoir la même chose en tête, car ils n'ont pas desserré les lèvres. Nous sommes restés collés ensemble tandis que Connor berçait Daniel.

Il a plu toute la journée, et nous étions trempés jusqu'aux os. Ce soir-là, nous étions frissonnants. Je suis tombée endormie tout en étant debout, malgré l'inconfort de cette position, jusqu'à ce qu'on me bouscule. C'était un membre de l'équipage qui, avec un de ses collègues, emmenait un passager qui était mort durant la nuit.

Quand nous sommes enfin arrivés à destination, nous nous sommes précipités pour débarquer. Nous n'étions pas aussitôt à terre que papa s'est effondré. Michael s'est penché sur lui et a posé la main sur son front. Quand il a levé les yeux vers moi, il avait l'air grave.

« Il est fiévreux », a-t-il dit.

Nous avons été séparés de papa. Un homme nous a dit qu'il serait aux baraques des immigrants, où il y avait un hôpital. Michael, Connor, Daniel et moi avons été emmenés dans un autre endroit où des religieuses et d'autres femmes attendaient de pouvoir rassembler les orphelins. Une des femmes a pris Daniel dans ses bras. Connor s'est aussitôt jeté sur elle et il criait en tentant d'arracher le petit de ses bras. Deux hommes se sont alors emparés de Connor. J'ai essayé d'entendre ce qui se disait, mais une religieuse est arrivée et m'a demandé si mes parents étaient vivants. Elle disait que, si je voulais bien la suivre, elle verrait à ce que je sois lavée, habillée et nourrie. Je me suis tournée vers Michael.

« Vas-y, a-t-il dit. On va s'occuper de toi. Je m'occupe de Connor, puis j'irai te retrouver. »

Un homme a enlevé Daniel de force des bras de Connor et l'a tendu à la bonne sœur qui était venue me parler. Il allait demander de l'aide pour maîtriser

Connor. Mais j'ai promis à Connor que je prendrais soin de Daniel, et il a arrêté de se débattre.

« Je vais revenir te chercher », a-t-il promis à son frère.

Les bonnes sœurs nous ont emmenés, les filles et les petits garçons, dans une grande maison où elles nous ont fait manger, puis laver et habiller avec des vêtements propres. Les filles vont dormir dans une grande salle, et les garçons dans une autre. Tout le monde est tranquille. Maintenant que nous sommes propres et habillés correctement, je vois bien que nous avons tous le teint pâle et les yeux creux. Je me demande si, moi aussi, j'ai l'air si cadavérique.

## 4 juillet 1847

Seules quelques sœurs parlent l'anglais. Celle qui est responsable de la maison, sœur Marie-France, nous a dit que l'archevêque a demandé à ses fidèles d'ouvrir leurs maisons et leurs cœurs aux orphelins irlandais. Elle dit que nous ne devons pas nous inquiéter, car elle est sûre que leur réponse sera positive. Les Montréalais voient bien le nombre d'orphelins ayant besoin d'un foyer et d'une bonne éducation catholique. Je suis confiante pour les petits qui sont seuls au monde. Mais qu'adviendra-t-il de moi? Je ne suis pas une orpheline.

### 7 juillet 1847

La catastrophe! Une famille a pris Daniel chez elle. Je ne l'ai découvert que par hasard. J'étais en train de passer le balai dans le corridor d'en haut (nous avons toutes des tâches à faire), quand j'ai entendu un petit crier. J'ai regardé en bas et j'ai vu que c'était Daniel. Une femme le tenait par la main, mais il tirait pour se dégager. Il a presque réussi. L'homme qui accompagnait la dame l'a alors pris dans ses bras. Je leur ai demandé d'arrêter. De son côté, Daniel donnait des coups de pied à l'homme, du plus fort qu'il le pouvait. Mais il est si petit et faible qu'il ne lui faisait pas plus mal que ne l'aurait fait un chaton en gigotant.

J'ai couru vers les escaliers. Dans ma hâte, j'ai buté contre une religieuse qui était cachée derrière une grosse pile de linge propre qu'elle portait dans ses bras. Je me suis excusée en la contournant, mais elle a attrapé mon poignet et s'est approchée de moi, nez à nez.

« Tu dois ramasser le linge », a-t-elle dit d'un ton cassant.

J'ai promis que j'allais le faire, mais j'ai dit que je devais d'abord m'occuper de quelque chose de très important. Elle ne voulait pas me laisser partir. Finalement, j'ai ramassé le tas de linge et je le lui ai jeté dans les bras, manquant presque de la renverser. Puis j'ai dévalé les escaliers, mais c'était trop tard.

Daniel avait été placé dans un chariot et disparaissait déjà au coin de la rue.

Je n'en croyais pas mes yeux! J'avais promis d'en prendre soin, et voilà qu'il était parti! J'ai laissé tomber Connor et je m'en sens terriblement coupable. Je vais demander à sœur Marie-France qui sont ces gens qui ont emmené Daniel. Ainsi Connor pourra le récupérer.

## 10 juillet 1847

Une famille s'est proposée pour me prendre, mais j'ai refusé. Mon père est en vie. Michael est en vie. Oncle Liam attend de nos nouvelles et nous en attendons de lui. Je ne suis pas une orpheline. Sœur Marie-France dit qu'elle va écrire à oncle Liam. Mais elle m'a avertie qu'elle ne pourra pas me garder éternellement. Elle l'a dit très gentiment, et je lui en suis reconnaissante.

## 12 juillet 1847

J'ai demandé plusieurs fois la permission d'aller dans les baraquements médicaux, mais sœur Marie-France refuse. Alors aujourd'hui, j'ai fait ce que ma tête me dit de ne pas faire, mais que mon cœur me dicte de faire. Je me suis sauvée, alors que j'aurais dû faire mes tâches.

Je ne savais pas comment me rendre aux baraquements. Je l'ai donc demandé dans la rue à un marchand des quatre-saisons. Il m'a regardée d'un air méfiant, mais m'a quand même indiqué dans quelle direction aller. Je me suis perdue dans la ville débordante d'activité et j'ai dû arrêter un monsieur dans la rue pour encore demander mon chemin. Il m'a regardée, le nez en l'air, et est reparti sans me dire un mot. Finalement, c'est un garçon pas plus vieux que moi qui m'a indiqué le chemin. Il a aussi dit que, quand je serais assez près, je n'aurais qu'à suivre la foule. Quand je lui ai demandé quelle foule, il a secoué la tête et m'a dit que je verrais bien.

Tout en marchant, j'ai répété dans ma tête ses indications afin de ne pas les oublier. J'ai bientôt aperçu des gens qui s'en allaient tous dans la même direction. J'ai pressé le pas pour les rejoindre et, à ma grande surprise, j'ai découvert qu'ils n'étaient pas irlandais, même s'ils semblaient tous se rendre au même endroit. Puis j'ai compris qu'ils étaient là pour se moquer de mes pauvres compatriotes et pour commérer. Un frère d'une congrégation religieuse a voulu les chasser, mais ils ont persisté. J'ai contourné la foule et me suis glissée dans une baraque. Quel affreux spectacle!

Les murs étaient bordés de rangées et de rangées de lits de fortune, chacun occupé par deux personnes. Au milieu de la salle s'alignaient d'autres lits de fortune et, entre les lits, directement sur le plancher, des tas de paille étaient occupés par d'autres malades encore. Après quelques pas, je me suis arrêtée et me suis pincé le nez, tant la puanteur était horrible. J'ai rapidement jeté un coup d'œil sur l'épave humaine la plus près de moi pour constater que ces malades étaient couchés sur leurs propres déjections. Les larmes me sont montées aux yeux tandis que je marchais dans une allée bordée de visages cireux, au regard vide. J'ai prié pour n'y reconnaître personne. J'étais troublée et très triste de voir que certains étaient déjà morts et n'avaient pas encore été emmenés. Le pire, c'est que leurs voisins de lit ne semblaient même pas en être dérangés. Un jeune homme a réclamé à manger. Un autre voulait de l'eau. Nulle part parmi eux je n'ai pu trouver papa.

Ça, au moins, c'était une bonne nouvelle!

Une des sœurs a remarqué mon absence et en a averti sœur Marie-France. Elle m'a dit d'un ton affectueux, mais ferme, que je ne devais plus me promener toute seule dans la ville. Je ne lui ai pas dit où j'étais allée.

## 13 juillet 1847

Ce matin, tandis que j'étais dehors en train d'étendre le linge avec une autre fille, j'ai entendu mon nom. Quand je me suis retournée, je n'en croyais pas mes yeux. Michael était là, propre comme un sou neuf, descendant d'un chariot conduit par un homme d'un certain âge. J'ai couru à sa rencontre et me suis jetée dans ses bras, en me moquant de la clôture qui nous séparait à hauteur de ma taille. Il m'a serrée très fort pendant un instant, puis il m'a tenue à bout de bras et a dit en riant qu'il ne se rappelait pas m'avoir vue si bien vêtue. J'ai ri, car je portais une vieille robe rapiécée qu'on avait donnée aux sœurs et qui avait été ajustée à ma taille. Je lui ai demandé s'il avait des nouvelles de papa. Il n'en avait pas, même s'il avait tenté de se renseigner, tout comme moi.

Grâce à l'appel de l'archevêque à ses fidèles, qui leur demandait d'accueillir ou d'employer des orphelins irlandais, Michael et d'autres garçons assez grands n'avaient pas eu trop de mal à trouver du travail. Michael travaillait pour un charretier. Il a dit qu'il gagnait assez pour se loger, se nourrir et mettre de l'argent de côté pour quand papa serait remis sur pied.

« C'est une honte que tu ne puisses pas en faire autant, Johanna », a-t-il dit.

« Et oncle Liam? » ai-je demandé.

Michael avait pu lui envoyer une lettre, mais n'avait reçu aucune réponse. Il a dit qu'il ne s'attendait pas nécessairement à une réponse rapide, car le Canada était un vaste pays où les distances étaient souvent grandes.

L'homme dans le chariot a appelé Michael, et celui-ci a dit qu'il devait y aller. Mais, m'a-t-il dit avant de partir, il reviendrait aussi souvent que possible et, s'il retrouvait papa, il me le ferait savoir. Je n'étais vraiment pas contente qu'il reparte après l'avoir vu si rapidement, mais nous n'y pouvions rien.

Quand j'ai eu fini d'étendre la lessive, je suis allée voir sœur Marie-France et l'ai questionnée à propos de la possibilité pour moi de travailler. Elle a dit que les garçons plus âgés pouvaient trouver du travail comme apprentis et que, pour les filles, c'étaient des places de domestiques. Elle a proposé d'annoncer que je cherchais une place, si c'était ce que je voulais. J'ai dit que je lui en serais reconnaissante.

## *14 juillet 1847*

Quand j'ai vu sœur Marie-France quitter la maison, je me suis encore sauvée pour une heure. Nous étions censées être en contemplation, mais je n'arrêtais pas de penser à papa, et c'est assez facile de se sauver sans que personne ne s'en aperçoive. Je me dirigeais vers les baraques les plus éloignées du chemin, que je n'avais pas encore visitées, quand quelqu'un qui en ressortait m'a bousculée et m'a fait tomber à la renverse. Le garçon (car c'était un garçon pas plus vieux que moi) a alors laissé tomber ce qu'il tenait dans ses bras. Tandis que je me remettais sur mes pieds, le contenu du ballot, fait d'une vieille couverture, s'est répandu par terre : de vieux vêtements, de la vieille vaisselle, une bible, une sacoche… Un paquet de vieilleries, me suis-je dit. Il s'est remis sur ses pieds et a commencé à tout remettre dans la vieille couverture. Quand je l'ai vu prendre la vieille bible, j'ai subitement compris ce qu'il faisait.

« Tu es un *voleur*, ai-je dit, n'en croyant pas moi-même mes oreilles. Tu voles les malades. ».

Il a vite tout remis dans la couverture, l'a nouée par les quatre coins et s'est sauvé en courant.

Il m'a fallu du temps, dois-je avouer, pour reprendre mes esprits et me mettre à crier : « Au voleur! Au voleur! » Mais il avait déjà disparu au tournant de la rue. J'ai regardé autour de moi dans l'espoir de trouver de l'aide, mais il n'y avait personne. Je suis partie chercher de l'aide. Quand j'ai enfin trouvé un homme à l'air soucieux et que je lui ai expliqué ce qui venait de se passer, il a soupiré très fort et a dit que les choses s'arrangeraient sûrement quand les nouvelles baraques de la pointe du Moulin seraient prêtes. Et c'est tout!

Je n'ai pas trouvé papa ni personne qui le connaissait.

### 15 juillet 1847

L'avertissement de grand-papa m'a tourné dans la tête pendant tout l'après-midi et toute la soirée : « Prends garde aux souhaits que tu fais! » Quand je pense que ces paroles ne voulaient rien dire pour moi!

Je me suis encore sauvée pour aller aux baraques, encouragée par le succès de mes deux sorties précédentes. En arrivant, j'ai aperçu le voleur qui m'avait bousculée hier. Il rôdait autour des baraques, ses yeux se posant d'un côté et de l'autre, visiblement à la recherche de ce qu'il pourrait voler. J'ai dû me retenir pour ne pas crier. À la place, j'ai baissé la tête afin qu'il ne puisse pas me reconnaître et je me suis dirigée vers lui. J'ai pris soin de faire un grand détour pour arriver par derrière lui afin qu'il ne m'aperçoive pas. J'allais le rejoindre quand il s'est penché et a ramassé ce qui semblait être un tas de vieilleries. Parmi elles, il y avait une magnifique brosse à cheveux au dos sculpté et un peigne en os. Il a glissé les deux objets dans sa chemise et s'est redressé. Je l'ai alors attrapé par le bras.

Il s'est retourné vivement, le regard affolé de s'être fait attraper. Mais quand il a vu que c'était moi, il a ri et s'est facilement dégagé de mon emprise. Un petit disque de métal est alors tombé par terre, à ses pieds. J'ai baissé les yeux pour le regarder. Je me suis penchée lentement pour le ramasser, et la tête s'est mise à me tourner. Et là, il a décidé de prendre la fuite.

J'ai pris le disque de métal dans ma main et j'ai couru à sa poursuite, bien décidée à ne pas le laisser s'échapper une seconde fois. Quelqu'un a poussé un cri derrière moi, mais je ne me suis pas retournée pour voir qui c'était. Je tenais trop à attraper ce petit voleur.

Il a disparu au coin de la rue. Quand j'y suis arrivée, il n'était plus qu'un petit point au bout de l'autre rue, et j'allais bientôt le perdre complètement de vue. J'ai continué de courir. À chaque tournant, je le repérais avant de le voir disparaître de nouveau de ma vue. Mais je n'ai pas abandonné. J'ai couru jusqu'à m'en user la plante des pieds et, comme je suis plus grande que lui et que mes jambes sont plus grandes que les siennes, j'ai fini par le rattraper et, cette fois-là, je ne l'ai pas lâché.

Je lui ai mis la pièce de métal sous le nez et, même si j'étais encore à bout de souffle, je lui ai ordonné de me dire où il l'avait eue.

« Je l'ai trouvée », a-t-il grommelé.

En entendant ces mots, j'ai été choquée plus que tout. D'abord c'était un voleur et, en plus, il était irlandais!

« Tu devrais avoir honte, lui ai-je dit. Voler tes compatriotes! »

« J'ai seulement pris des objets à des gens qui n'en avaient plus rien à faire », a-t-il répondu avec un air de défi.

J'allais lui servir un sermon dont maman aurait été fière quand le sens de ses mots m'a frappée comme une gifle en plein visage. J'ai ramassé le disque de métal avec une petite encoche sur le côté, portant l'image sainte presque complètement effacée, et je lui ai encore ordonné de me dire où il l'avait trouvé.

« Là où je prends tout le reste », m'a-t-il répondu.

« Et l'homme à qui il appartient? » ai-je dit.

« À qui il *appartenait* », a-t-il précisé.

Ces mots m'ont transpercé le cœur comme des coups de poignard. Je lui ai demandé de me décrire cet homme, mais il en était incapable. Alors je le lui ai décrit, et c'était la description de mon papa. Mais encore là, il ne pouvait pas dire si j'avais raison. Je me suis alors rappelé la première pauvre âme en peine que j'avais vue, quand je n'arrivais pas à savoir si c'était un homme ou une femme.

« Est-ce qu'il portait ceci autour de son cou, sur un lacet de cuir avec quatre nœuds? » lui ai-je demandé.

C'était de cette façon que papa portait toujours sa médaille de saint Joseph : sur un vieux lacet de cuir qu'il n'avait jamais pu remplacer et qui s'était rompu plusieurs fois.

Le garçon a approuvé de la tête.

« Et tu es sûr qu'il était mort? » ai-je dit.

« Complètement refroidi », a-t-il rétorqué.

J'ai failli m'effondrer. C'était la médaille de papa, aucun doute là-dessus. C'était son saint Joseph, le saint patron des charpentiers.

Il était mort. Papa était mort!

J'ai quitté le gamin avec son butin et je suis retournée à la maison d'un pas incertain, en faisant de gros efforts pour ne pas pleurer tout au long du chemin. Je suis entrée sans chercher à cacher que j'étais sortie sans permission. Qu'est-ce que j'avais à faire de ces stupides règles? Quand j'étais arrivée dans cette maison, je n'étais pas une orpheline. Mais maintenant, oui. Maman était morte et maintenant, papa aussi.

Sœur Marie-France est apparue sur le seuil de son bureau. Elle m'a regardée d'un air sévère et m'a dit qu'on m'avait cherchée. Je crois qu'elle m'aurait grondée si je n'avais pas fondu en larmes. Elle a écouté mon histoire, puis elle a demandé à une autre sœur de m'emmener à la cuisine pour me donner à manger. Elle a dit qu'elle dirait une prière pour mon papa.

## 16 juillet 1847

J'ai attendu toute la journée la visite de Michael et, en même temps, je craignais d'avoir à lui dire ce que j'avais découvert. Il n'est pas venu. Ce voyage n'est pas du tout la grande aventure dont je rêvais. Je voudrais que nous soyons encore à la maison ou que nous ayons pu trouver un endroit où nous installer en Angleterre. Papa était un excellent charpentier. Nous aurions trouvé une solution et nous serions encore ensemble.

## 17 juillet 1847

Toujours pas de Michael aujourd'hui. J'ai peur de lui annoncer la nouvelle, mais je voudrais quand même qu'il vienne. Il est tout ce qu'il me reste au monde.

## 18 juillet 1847

Après la messe, je me dirigeais vers les escaliers avec du linge plein les bras quand j'ai entendu des cris venant de l'entrée. En entendant la voix, mon cœur s'est mis à battre très fort. Je me suis précipitée sans prendre le temps de déposer mon fardeau, et j'ai trouvé Connor, le regard fou et les cheveux dressés sur la tête, en train de crier (rien de moins!) après sœur Marie-France. Il était venu chercher Daniel et était dans tous ses états d'apprendre qu'on l'avait donné en adoption à une famille de fermiers.

Sœur Marie-France est restée calme, même si son regard trahissait son agacement. Elle lui a assuré que son petit frère était entre de bonnes mains et que, s'il le souhaitait, elle ferait savoir à la famille adoptive qu'il aimerait passer le voir. Il s'est emporté de plus belle, car il ne voulait pas « passer le voir ». Il voulait le récupérer. Sœur Marie-France a été très gentille avec lui. Elle lui a dit qu'elle comprenait ce qu'il pouvait ressentir, mais que la famille qui avait adopté Daniel l'avait recueilli de bonne foi et avait maintenant son mot à dire. Elle a réussi à lui faire accepter de revenir dans une semaine pour connaître leur réponse.

En se retournant pour partir, Connor a posé son regard sur moi. Une lueur est apparue dans ses yeux, et il a blêmi. J'ai cru qu'il était fâché parce que je l'avais laissé tomber. Je lui ai aussitôt présenté mes excuses. À ma grande surprise, il s'est précipité vers moi, a pris mes deux mains dans les siennes et les a serrées très fort.

« J'ai entendu dire que tu étais *morte* », a-t-il dit.

« Qui a bien pu te raconter ça? » m'a-t-il demandé.

« Michael » a-t-il dit.

J'étais sûre que c'était une blague. Je lui ai dit que je ne le trouvais pas drôle du tout. Mais il m'a juré qu'il avait vu Michael la veille et qu'il avait eu un coup au cœur en apprenant que papa et moi étions morts tous les deux.

Apparemment, Michael a fait exactement comme moi. Il s'est rendu aux baraques, à la recherche de papa. Connor a dit que Michael avait trouvé un homme qui tenait un registre des malades. Il lui avait appris que M. Leary et sa fille Johanna étaient morts de la fièvre. La Johanna Leary du registre avait été emmenée à la baraque seulement deux jours avant la visite de Michael.

« Où est-il maintenant? » ai-je demandé.

Il fallait que je fasse savoir à Michael que j'étais vivante.

Mais Connor l'ignorait. Michael et lui se rencontraient souvent dans un parc non loin d'ici. Il a dit que, demain, il irait voir si Michael y était. Il a promis de me l'envoyer. Quand je lui ai demandé s'il avait eu des nouvelles de Kerry, il est devenu si triste que j'ai cru que le pauvre petit était mort. En réalité, et c'est encore pire : Connor ne sait pas si son frère est mort à Grosse-Île ou s'il a survécu. Et s'il est encore vivant, il ne sait pas ce qu'il est devenu. Il pense retourner à Grosse-Île quand il aura récupéré Daniel et qu'il aura l'argent nécessaire pour le voyage. Il m'a surprise en m'embrassant sur la joue avant de partir. Il a dit de ne pas me reprocher ce qui était arrivé à Daniel.

Après son départ, j'ai supplié sœur Marie-France de me laisser partir à la recherche de Michael. Mais je ne savais ni où le trouver ni le nom de son employeur. Finalement, j'ai été bien obligée d'accepter qu'elle s'en occupe.

## 19 juillet 1847

Quelle longue et horrible journée, et comme sœur Marie-France est généreuse! Ce matin, elle est allée voir un des frères religieux qui s'occupent des grands garçons en attendant qu'ils se trouvent du travail. Elle a été absente pendant une bonne partie de la journée. Quant à moi, je n'ai pas cessé de surveiller la grille de l'entrée et je m'y suis précipitée quand elle l'a ouverte.

Elle ne souriait pas. Ses premiers mots ont été : « Je suis désolée, Johanna. »

J'ai pris une grande respiration afin de me préparer à ce qui allait suivre, car si elle avait eu de bonnes nouvelles pour moi, elle n'aurait pas dit qu'elle était désolée et elle n'aurait pas eu l'air triste.

Le frère savait seulement que Michael avait quitté son employeur sans l'avertir à l'avance. Sœur Marie-France s'était aussi rendue aux baraques et avait appris qu'une Joanna Leary avait été inscrite récemment au registre des morts. Ce n'était pas l'orthographe exacte de mon nom, et Michael avait probablement pensé que c'était une erreur.

J'ai supplié sœur Marie-France de me dire le nom de son employeur et lui ai demandé où je pourrais le trouver. Elle m'a donné ces renseignements et les indications pour y aller. Je me suis rendue à cette adresse qui se trouvait au bout d'une ruelle sinistre, près du fleuve. M. Stuart McEwen était un homme bourru. Il a ronchonné à propos du départ précipité de Michael. Il ne savait pas ce qui l'avait amené à partir si vite. Apparemment, il devait se rendre dans la vallée de la Gatineau, près de Bytown. J'ai tout de suite su où Michael était allé. Il était parti retrouver oncle Liam, car il croit que c'est le dernier survivant de notre famille.

### *Plus tard*

Je suis restée assise à la fenêtre pendant toute la nuit, à pleurer sur ces pages de mon journal. J'ai supplié sœur Marie-France de me laisser aller retrouver Michael, mais le voyage est déjà long et difficile pour un garçon, alors pas question de laisser une fille partir seule. Sœur Marie-France a dit qu'elle écrirait à notre oncle afin de l'informer que Michael est en route pour se rendre chez lui. Je lui ai demandé une plume et du papier, car je voulais le faire moi-même. Elle a été surprise. Apparemment, elle ne savait pas que je pouvais écrire. Elle a dit oui et a promis d'envoyer ma lettre quand je l'aurais terminée.

Je voudrais tellement voir Michael! Je voudrais tellement que ce pays ne soit pas si grand!

### *20 juillet 1847*

Sœur Marie-France a envoyé ma lettre aujourd'hui. Maintenant, je dois attendre, et ce n'est pas ma spécialité.

Je voudrais tant que Connor revienne. J'aurais au moins quelqu'un que je connais à qui parler.

## 21 juillet 1847

Sœur Marie-France m'a envoyée chercher, tard cet après-midi. Elle m'a trouvé du travail. Mes employeurs sont M. et Mme Johnson. Il est homme d'affaires. Ils ont trois enfants. On va venir me chercher.

## 24 juillet 1847

Un homme est venu me prendre en chariot et m'a fait passer par les rues animées de la ville. Partout j'entendais une langue que je ne comprends pas. Le conducteur, Pierre, est français, mais parle très bien anglais. Il dit que Montréal compte plus de 50 000 habitants.

Les maisons sont en pierre et ont des toits très pentus. Pierre dit que c'est pour que la neige puisse glisser. Si les toits étaient plats, la neige s'empilerait dessus et les ferait s'effondrer. Je ne peux pas imaginer de telles quantités de neige.

Finalement, nous sommes arrivés devant une belle grande demeure. Pierre a conduit le chariot jusqu'à l'arrière et m'a indiqué du doigt la porte par laquelle je devais entrer. Elle donnait dans une grande cuisine aux murs blanchis à la chaux. Une femme avec les manches retroussées et un bonnet sur la tête a déposé son rouleau à pâtisserie et a contourné la table pour venir m'examiner de plus près. C'est Mme Coteau, la cuisinière des Johnson.

Je n'ai pas osé bouger quand elle a tourné autour de moi ni même quand elle m'a reniflée (oui, oui, j'en suis sûre!) et qu'elle a déclaré (d'un ton un peu déçu) que j'étais « suffisamment propre pour le moment ». Ensuite, elle m'a fait prendre un escalier très étroit, puis m'a entraînée dans un couloir sombre, jusque devant une porte. Elle a frappé, et une voix a dit : « Entrez! » Une dame, assise devant un secrétaire, écrivait : c'était Mme Johnson. Elle n'a pas levé les yeux tant qu'elle n'a pas eu terminé d'écrire, saupoudré sa page de poussière de craie et refermé son registre de comptabilité.

Maman disait toujours qu'on ne peut pas juger la qualité d'une personne au premier regard, pas plus qu'on ne peut juger celle d'un pouding sans y avoir goûté. Autrement dit, qu'il ne faut pas se fier aux apparences. Mais elle changerait d'opinion si elle rencontrait Mme Johnson. Elle est mince et d'un abord sévère. Elle est bien habillée. Ses cheveux sont tirés vers l'arrière et retenus par plusieurs peignes d'argent. Je suis sûre que plusieurs la diraient élégante. Mais ses yeux gâchent le tableau. Ils sont petits, avec un regard perçant qui semble vouloir vous déshabiller l'âme.

Elle s'est reculée dans son fauteuil afin de m'examiner sous toutes les coutures. Elle ne s'est pas adressée à moi directement, mais a plutôt discuté avec Mme Coteau. Elle lui a dit que je devais me laver à fond, de la tête aux pieds, car elle ne croit pas que les sœurs me l'ont fait faire correctement. Ensuite, on m'a indiqué mes tâches. Mme Coteau devait aussitôt informer Mme Johnson s'il s'avérait que je ne faisais pas l'affaire pour quelque raison que ce soit.

Dans la cuisine, je me suis lavée moi-même, en frottant bien fort, en présence de Mme Coteau qui m'a dit que « Madame » était très pointilleuse en matière de propreté. Elle a dit que je passerais une bonne partie de mon temps à la cuisine, mais qu'on s'attendait aussi à ce que je participe aux autres tâches ménagères lorsque ce serait nécessaire. Je vais dormir sur une couchette installée dans la cuisine et je serai responsable d'attiser le feu et de mettre de l'eau à bouillir tout de suite après m'être levée, le matin.

Quand j'ai été jugée propre, on m'a mise au travail, à récurer des casseroles avec du sable, puis à les rincer et à bien les essuyer. À voir les croûtes d'aliments séchés qui en tapissaient l'intérieur, je me suis dit qu'elles devaient traîner là depuis un jour ou deux. Par la suite, j'ai su que je ne m'étais pas trompée. L'avant-veille, Mme Johnson avait renvoyé la fille précédente. Mme Coteau s'était débrouillée en utilisant tout ce qu'elle pouvait trouver dans la cuisine, en espérant qu'une remplaçante arriverait avant qu'elle n'ait à récurer elle-même les casseroles. Je n'ai pas pu terminer ma première tâche, car on m'a assignée à la préparation des légumes pour le dîner. Ensuite, il y avait d'autres vaisselles à faire, en plus des casseroles à finir de récurer. J'ai frotté à en avoir mal aux bras. Mes mains étaient aussi plissées que celles d'une petite vieille, et je ne sentais plus mes pieds. Mais pas question de me reposer, car il a encore fallu que je frotte le plancher d'un bout à l'autre de la cuisine.

J'ai découvert la meilleure cachette pour mon journal et mon bout de crayon. Je les ai glissés entre les sangles et la couverture de ma couchette.

### 25 juillet 1847

Mme Coteau a dit que je ne suis pas partie du bon pied, car elle a dû me réveiller en me secouant, ce matin. Quoique je fasse – laver la vaisselle, récurer les casseroles ou préparer les légumes – elle ronchonne. Quant à moi, je ne peux pas croire qu'on puisse consommer tant de nourriture dans une seule maison! Le dîner se composait de soupe, de viande, de pain, de légumes, de marinades, de cornichons et de pouding, mais pas de pommes de terre. Mme Coteau, le jardinier et moi avons mangé quand M. et Mme Johnson ont eu terminé leur repas.

### 26 juillet 1847

Aujourd'hui, c'était jour de boulange. Alors, Mme Coteau était très affairée. Elle prenait la pâte à pain qu'elle avait mise à lever la veille et l'emportait dehors, derrière la maison, pour la faire cuire dans un petit four à pain. De mon côté, je polissais l'argenterie et nettoyais les couteaux tout en surveillant une marmite sur le feu. Il faisait si chaud que je me suis sentie mal une ou deux fois.

J'ai aperçu M. William Johnson pour la première fois. Il est banquier. Tous les matins, il s'habille de façon très élégante et quitte la maison tôt pour se rendre à son bureau. Mme Coteau dit que c'est un homme important et que ses affaires l'occupent beaucoup. Il n'est donc pas présent tous les soirs pour le souper. C'est un bel homme et, contrairement à sa femme, il a le sourire facile. Les enfants ont dévalé l'escalier pour venir le saluer. Le plus jeune, qui marche encore avec peu d'assurance, est un garçon prénommé Mathieu. Mme Johnson a aussitôt tapé dans ses mains pour les renvoyer, en leur disant que leur pauvre père était trop fatigué pour supporter des enfants turbulents. Visiblement, M. Johnson n'était pas d'accord. « Voyons donc! » a-t-il dit prenant dans ses bras Mathieu et Nelly, qui a sept ans, et en les emmenant à l'étage, suivi de Peggy, l'aînée. Je les ai entendus rire pendant longtemps, une fois rendus en haut, et ça m'a fait énormément de peine. Comme mon père me manque, lui qui riait tout le temps, s'amusait avec Michael et moi et chantait des chansons au petit Patrick!

## 27 juillet 1847

Ménage, ménage, ménage! Le plus difficile, ce sont les tapis. Mme Johnson emploie une autre fille, Claire, qui se croit visiblement supérieure à moi. Ensemble, nous avons déplacé tous les meubles et nous avons retiré tous les tapis, un à un. Nous les avons roulés, puis nous les avons emmenés dehors où nous les avons suspendus à une corde à linge. Elle m'a laissée les battre toute seule, comme s'ils étaient remplis des pires bestioles au monde et qu'il me revenait de les punir. À la fin, c'est moi qui me sentais punie. J'avais beau les battre autant comme autant, c'était toujours jugé insuffisant pour venir à bout du dernier des derniers grains de poussière caché dedans. J'ai continué de les battre jusqu'à avoir peur que mes bras en tombent. Quand ils ont été battus à la satisfaction de Claire, nous les avons ramenés à l'intérieur et avons remis les meubles à leur place. J'avais si mal aux bras que j'ai laissé tomber deux casseroles coup sur coup, l'une de soupe et l'autre de sauce. Mme Coteau était très mécontente.

## 28 juillet 1847

Ce matin, Nelly Johnson est venue me retrouver tandis que j'étendais le linge. Elle a des jolies boucles blondes et de petites lèvres roses, comme un chérubin. Elle avait une poupée sous le bras et, les deux pieds bien plantés, elle m'a regardée faire pendant quelques minutes.

« Est-ce vrai que tu crois aux fées? » a-t-elle fini par me demander.

Je ne savais pas quoi lui dire, alors je lui ai demandé où elle avait entendu ça.

« C'est Peggy », a-t-elle dit. (Autrement dit, sa sœur qui a 11 ans et qui est le portrait tout craché de sa mère.) Elle dit que tous les Irlandais croient aux fées. »

« Toi, est-ce que tu y crois? » lui ai-je demandé.

Elle a fait non de la tête, mais, selon moi, elle n'en était pas tout à fait convaincue.

« On dit parfois que les fées sont des anges déchus, ai-je dit. L'as-tu déjà entendu dire? »

Elle a encore secoué la tête. Évidemment, elle n'a que sept ans, et protestante par-dessus le marché. Je lui ai demandé si elle aimerait que je lui raconte un conte de fées tout en travaillant. Elle m'a regardée à travers ses longs cils bruns et, l'air très sérieux, elle a hoché la tête.

Je lui ai raconté l'histoire de Lusmore le bossu qui, un jour, a rencontré des fées et a gagné leur cœur grâce à sa belle voix et ses bonnes manières. Pour le récompenser de ses chansons et de sa courtoisie, les fées l'ont débarrassé de l'affreuse bosse qui déformait son dos. Un autre bossu qui avait entendu parler de la chance qu'avait eue Lusmore lui a demandé quel était son secret.

Nelly, les yeux tout écarquillés, m'a demandé si Lusmore lui avait parlé des fées.

« Oui, car c'était un homme bon et généreux », ai-je répondu.

Mais le second bossu n'était pas comme Lusmore. Les fées chantaient leurs chansons merveilleuses, et il les a interrompues. Puis il a osé leur ordonner de lui enlever sa bosse, comme pour Lusmore. Il a reçu ce qu'il méritait pour ses mauvaises manières : non seulement les fées ont refusé de le débarrasser de sa bosse, mais encore elles lui ont ajouté celle de Lusmore. Il est reparti encore plus aigri qu'à son arrivée.

« C'est pourquoi, quand tu vois une fée ou que tu crois qu'il y en a une dans les parages, tu dois toujours être très respectueuse envers les autres, lui ai-je dit. Car les fées sont gentilles avec ceux qui le sont, mais elles punissent ceux qui sont méchants ou irrespectueux. »

Elle m'a fixée des yeux pendant un bon moment, puis elle m'a demandé : « Est-ce qu'il y a des fées ici? »

J'ai répondu que je l'ignorais, ce qui était la pure vérité. Elle devait craindre qu'il y en ait, car elle m'a gentiment remerciée pour mon histoire, et même *trois* fois!

## 30 juillet 1847

Il y a tant de choses à nettoyer dans cette maison!

Il y a la vaisselle, les casseroles et les poêlons. Il y a les tasses et les cuillères à mesurer, les cuillères de bois et les fouets. Il y a les couverts. Il y a les nappes, les tabliers et les serviettes. Il y a les tables et les planchers. Il y a la cuisine, l'entrée, le perron, la véranda et les escaliers. Il y a les tapis. Et tout doit être frotté, balayé ou poli, et briller comme un sou neuf.

Tandis que j'étais dans l'arrière-cuisine, occupée à récurer les casseroles, j'ai entendu Peggy dehors qui parlait à Mme Coteau d'une nouvelle robe que Mme Johnson s'était fait faire, qui était, disait-elle, du dernier chic à Londres et qui devait être rehaussée de dentelles et de broderies de perles de verre. Comme c'est triste, me suis-je dit, que maman, qui était beaucoup plus jolie et gentille que Mme Johnson, n'ait jamais eu une si belle robe! Puis Peggy a dit à Mme Coteau qu'elle avait entendu sa mère lire à son père un article dans le journal. On racontait que des immigrants (*irlandais*) des baraques à fièvre vendaient le pain et le gruau qu'on leur donnait et se servaient ensuite de l'argent qu'ils avaient reçu en échange pour acheter de l'alcool!

Selon sa mère, a-t-elle dit pour terminer, c'est la preuve qu'ils sont responsables de leurs malheurs. Je n'en crois pas un mot. Je ne peux pas. Je ne peux pas croire qu'un seul des passagers de notre navire ait pu faire une telle chose, ni aucun autre immigrant, d'ailleurs. Cet article m'a tout l'air d'avoir été écrit par un Anglais!

### 31 juillet 1847

À la fin de l'après-midi, tandis que je lavais et épluchais les légumes dehors, à la porte de la cuisine, Peggy Johnson est arrivée sans crier gare et a exigé que je lui raconte une histoire de fées. Elle m'a tellement surprise que j'ai laissé tomber la pomme de terre que j'étais en train de peler et que j'ai éclaboussé le bas de sa robe avec de l'eau. Elle est grande pour son âge et plutôt gauche, et elle a les manières de sa mère. Elle m'a donc regardée d'un air mécontent et m'a dit que j'étais maladroite. Je pense que, quand elle sera grande, elle aura les mêmes grands airs supérieurs que sa mère. Je ne supporte pas son ton autoritaire, elle qui est deux bonnes années plus jeune que moi. C'est pour cette raison, je crois, que j'ai décidé de lui raconter l'histoire de *La jeune fille et ses trois tantes*.

La mère d'une belle jeune fille tenait tellement à ce qu'elle épouse le prince du royaume qu'elle décida de mentir au sujet de ses talents. Elle assura donc au roi que sa fille savait filer, tisser et coudre mieux que toutes les jeunes filles du royaume. Le roi promit alors que la belle jeune fille pourrait épouser le prince si elle réussissait à filer un monceau de lin, puis à tisser ce fil pour en faire une étoffe dans laquelle elle taillerait une chemise qu'elle coudrait elle-même.

« Je connais cette histoire, a déclaré Peggy. Une

vieille femme va le faire à sa place. Puis la jeune fille devra deviner le nom de la vieille, sinon elle sera obligée de lui céder son premier-né. »

Elle l'avait dit d'un ton si suffisant que j'étais ravie de pouvoir lui dire qu'elle se trompait. J'ai poursuivi mon récit, et elle a écouté attentivement, mais à contrecœur. J'ai donc raconté qu'une première petite vieille a filé le lin, une autre a tissé l'étoffe avec ce fil et la dernière a taillé une chemise et l'a cousue elle-même. En retour, toutes trois ont demandé à être invitées à la noce, le jour où la jeune fille épouserait le prince.

« Mais elle ne les a pas invitées, a déclaré Peggy triomphalement. Et elles l'ont punie. »

« Elle les a invitées, ai-je dit, ravie de la corriger encore une fois. Le prince a appris que la première avait de gros pieds très laids, à force de filer avec son rouet, que la seconde était énorme à force de rester assise trop longtemps, à tisser des étoffes sur son métier, et que la troisième avait un nez affreux, couvert de petites blessures à force de se le piquer quand elle essayait d'enfiler ses aiguilles. Alors il a fait un vœu : que son épouse n'ait jamais à filer ni à tisser ni à coudre. »

Peggy m'a fixée des yeux pendant un moment.

« Je vois, a-t-elle dit, toujours du même ton hautain. La morale de cette histoire est donc que, si on ment à propos de ce qu'on sait faire, on doit s'attendre à en payer le prix. Facile à deviner!» Puis elle a ajouté : « Maman dit que les Irlandais sont paresseux. »

J'étais piquée au vif, mais bien décidée à n'en rien montrer. Je lui ai donc dit que j'avais entendu cette histoire de la bouche d'une femme qui l'avait racontée à sa propre fille. Or cette femme en avait donné à sa fille la morale suivante : à moins d'être très belle, comme la jeune fille du conte, et d'avoir trois fées pour marraines, nous devons tous travailler fort, même si ça use notre corps.

Une lueur de colère est passée dans ses yeux. Elle a ouvert la bouche pour parler, mais s'est ravisée. Puis elle s'est retournée et est partie en furie.

Après le souper, tandis que j'avais les bras plongés jusqu'au coude dans l'eau de vaisselle, Mme Coteau m'a dit que Mme Johnson désirait me parler. J'ai séché mes mains, j'ai ouvert la porte de la cuisine et j'ai eu la surprise de trouver Mme Johnson assise devant moi, dans le hall.

« Je vous serais reconnaissante de garder pour vous vos histoires païennes, m'a-t-elle dit. Nous ne tolérons pas ces sottises, ici. Si j'entends dire une seule fois que vous avez recommencé à en raconter à ma fille Peggy, vous serez renvoyée immédiatement. »

J'étais tellement sous le choc que je n'ai pas su quoi répondre. Maintenant, je me dis que j'aurais bien aimé avoir eu le courage de lui dire ce que je pense de sa Peggy. Mais je n'ai pas pu, et c'est peut-être aussi bien parce que, si je suis seule au monde (et, couchée dans mon petit lit, je crains fort que ce soit la vérité), je vais avoir besoin d'une bonne recommandation pour trouver un autre emploi.

## 1er août 1847

Les Irlandais semblent être le grand sujet de conversation à Montréal, et généralement ce n'est pas en termes très flatteurs. Aujourd'hui, j'étais dans l'arrière-cuisine, en train de rêver aux délicieux gâteaux à la crème que Mme Coteau avait faits pour les invités, et je me demandais s'il en reviendrait au moins un à la cuisine, même à moitié mangé, car j'aurais ainsi pu y goûter. Soudain, j'ai entendu des voix. Les fenêtres de la cuisine sont étroites et situées tout en haut du mur de fondation. Elles étaient ouvertes pour nous donner un peu d'air.

La voix était celle d'un homme, et je n'y aurais pas prêté attention si je ne l'avais pas entendu dire le mot « Irlandais ». C'était pitoyable, a dit cet homme, de savoir qu'ils mouraient de faim dans les fossés. Puis Mme Johnson a pris la parole pour déclarer que les Irlandais sont paresseux, sans parler de ce qu'elle avait lu dans le journal à propos de leur nonchalance. Elle a dit que les petits Irlandais jouaient sur des tas de fumier et qu'on pouvait voir partout au Canada des Irlandais habillés à la limite de l'indécence alors que, s'ils se donnaient la peine de travailler un tout petit peu, ils gagneraient assez pour subvenir à leurs besoins. Elle nous a traités de « peuple de mendiants et d'irresponsables ».

L'homme lui a objecté que les récoltes de pommes de terre avaient été désastreuses deux années de suite et que les Irlandais mouraient de faim non pas par paresse, mais par manque de nourriture.

« Ils sont ignorants et paresseux, a répliqué Mme Johnson. Et, croyez-moi, je sais de quoi je parle! »

Il m'a fallu un petit moment avant de réaliser qu'elle parlait de moi. Elle m'a traitée de « petite ignorante qui n'avait jamais vu un poêle à cuisiner avant que je l'accueille chez moi par charité et qui a les yeux ronds comme des billes dès qu'on parle de nourriture ».

Elle croit que je suis ignorante? Pauvre, peut-être. Mais ignorante, jamais. Pas moi! Je sais lire et écrire, et faire des additions, grâce à grand-papa qui était instituteur en Angleterre avant de venir en Irlande et d'y épouser la mère de ma mère, et grâce à maman qui n'était pas une ignorante non plus. Elle chérissait les quelques livres qu'elle possédait plus que toute autre chose. Quant à mon père, comment pourrait-on le traiter d'ignorant, lui qui était un des meilleurs charpentiers du comté? C'est Mme Johnson qui est d'une ignorance crasse si elle croit à de tels mensonges!

J'ai alors entendu l'homme mentionner les baraques à fièvre. « Il en déborde de partout, a-t-il dit. Ces pauvres âmes en peine qui ont survécu à la traversée meurent par centaines. » Ce à quoi Mme Johnson a répliqué : « Leurs propriétaires devraient avoir honte de s'être débarrassés du problème en les envoyant sur nos côtes afin qu'ils soient pris en charge par nos âmes charitables. »

J'étais bien placée pour savoir que les baraques étaient pleines de bonnes personnes qui n'avaient jamais eu besoin de la charité de qui que ce soit avant d'être forcées de regarder mourir de faim ceux qu'elles aimaient de tout leur cœur.

Je méprise Mme Johnson.

## 2 août 1847

Encore du ménage! Mme Coteau m'a fait vider les étagères à casseroles et à plats de cuisson, et m'a fait récurer chaque tablette, laver, essuyer et frotter chaque casserole et chaque plat, puis remettre le tout exactement comme avant. Elle a particulièrement insisté sur ce dernier point. Elle n'aime pas, dit-elle, perdre son précieux temps à chercher les choses qui n'ont pas été remises à leur place. Mais il y a tant de choses dans cette cuisine! En tout cas, cent fois plus que chez nous. J'étais terrifiée à l'idée de me tromper. Alors, en vidant chaque tablette, j'ai rempilé son contenu exactement comme il était empilé normalement et j'ai disposé le tout sur la table en mettant à un bout le contenu de la tablette la plus haute, puis celui de la tablette plus basse à côté, et ainsi de suite. C'était un très bon plan, car à la fin de la journée, quand Mme Coteau a vérifié mon travail, elle ne m'a pas grondée. Elle s'est contentée de toussoter, puis elle m'a assigné une autre tâche.

## 3 août 1847

Dès que les plats du déjeuner ont été récurés, je me suis mise au travail avec Mme Coteau, à faire des sandwichs et à couper des gâteaux. Au dernier moment, on m'a fait venir en haut pour aider Claire qui s'était fait gronder pour ne pas avoir assez vite remis en ordre le salon et le grand hall. Aujourd'hui, Mme Johnson recevait des visiteurs. Tout devait être parfaitement en ordre.

Claire a mis sa plus belle tenue et s'est préparée à répondre à la porte. On m'a envoyée disposer des plateaux de sandwichs et de gâteaux et une charlotte aux fruits de saison que Mme Coteau avait préparée et qui sentait si bon que j'en avais l'eau à la bouche. J'ai aussi apporté la première théière et le premier pichet de limonade pour que Mme Johnson puisse offrir des rafraîchissements à ses invités.

Pendant tout l'après-midi, la maison a bourdonné d'activité, avec des dames qui arrivaient, puis repartaient. Ma tâche était de monter les escaliers avec des coupes, des soucoupes, des assiettes et des cuillères propres, puis de les redescendre par les escaliers quand elles étaient sales. Mme Coteau me les faisait alors déposer bien en ordre sur le buffet. Elle ne voulait pas me laisser commencer à laver une si belle porcelaine alors qu'elle n'avait pas le temps de me surveiller.

Après le souper, que M. Johnson a pris, mais pas Mme Johnson, Mme Coteau m'a finalement dit de remplir des cuvettes avec de l'eau chaude et de les déposer sur la grande table de la cuisine. Elle s'est assise dans sa chaise berçante et a reprisé du linge de table tout en me regardant laver les tasses une à une, puis les soucoupes et les petits plats. J'ai bien essuyé chaque morceau, en faisant très attention à chaque fois. Mme Coteau a tout remis elle-même sur les étagères.

### 5 août 1847

Je suis honteuse et heureuse tout à la fois. Je n'ai pas honte de me faire renvoyer, car je sais que je n'ai rien fait de mal. Mais je déteste Mme Johnson et, comme je suis partie de chez elle, je lui souhaite de finir en Enfer. De cela, je suis honteuse. Papa disait toujours que la méchanceté était déjà bien trop répandue dans le monde et que, pour cette raison, nous devions laisser les pensées méchantes aux méchants et nous ranger plutôt du côté des anges.

Hier, après avoir éteint le feu et une fois Mme Coteau bien installée dans sa petite chambre derrière la cuisine, je suis allée chercher mon petit carnet dans sa cachette habituelle. *Et il n'y était pas!* J'ai bien regardé, en me disant que je ne l'avais pas remis à sa place. Il est resté introuvable!

Je n'ai pas fermé l'œil de la nuit. Je n'arrêtais pas de penser à mon journal. Ce matin, quand j'ai apporté son thé à Mme Coteau (ma troisième tâche de la journée, après avoir attisé le feu dans le poêle et mis de l'eau à bouillir dans la bouilloire), je lui ai demandé si elle n'avait pas vu traîner quelque chose qui m'appartenait.

Elle m'a regardée d'un drôle d'air.

« Quelque chose qui t'appartient? a-t-elle dit. Mais quand tu es arrivée ici, tu n'avais rien d'autre que les vêtements que tu portais et que tu avais obtenus par charité. »

Puis elle m'a dit de me mettre au travail. J'ai pensé à mon journal toute la journée, en me demandant ce qu'il était devenu.

Après le dîner, quand M. Johnson a été parti pour ses rendez-vous d'affaires, Mme Coteau m'a envoyée voir Mme Johnson.

La porte de la bibliothèque était fermée. J'ai frappé, et Mme Johnson m'a dit d'entrer. Elle avait le même air sévère que Mme Coteau avait en m'envoyant la voir. Elle avait à la main un carnet que je reconnaissais trop bien.

« Une explication me semble nécessaire », a-t-elle dit d'un ton persiflant, comme si elle avait ravalé sa colère.

J'étais incapable de faire autre chose que de fixer mon journal des yeux. Que faisait-il dans ses mains? Comment avait-elle fait pour le trouver? Je l'avais laissé à sa place habituelle, entre la couverture et les sangles de ma couchette. Mme Coteau avait dit que Mme Johnson ne venait jamais à la cuisine. Pourtant, mon journal s'était retrouvé en sa possession.

« Tu es arrivée ici crasseuse, sans le sou et maladive, a dit Mme Johnson. Pourtant, je t'ai prise chez moi. Et voilà comment tu m'en remercies! Comment peux-tu oser écrire de telles horreurs à mon sujet? Comment peux-tu oser me juger? »

J'étais bouche bée. Non seulement elle avait pris mon journal, mais encore elle l'avait *lu*. Elle avait lu mes confidences!

Puis elle m'a renvoyée.

« Tu vas quitter ma maison sur-le-champ, a-t-elle dit. Tu n'es qu'une ingrate et une ignorante. »

Elle a ouvert mon journal en le tenant fermement des deux mains, et elle allait le déchirer en deux. Je n'ai pas réfléchi avant d'agir. Je me suis précipitée sur elle et le lui ai arraché des mains. Elle m'a regardée, complètement abasourdie. Elle est devenue rouge comme une betterave et elle m'a giflée en pleine figure.

Je n'ai pas réfléchi. J'en étais incapable. J'étais trop en colère. Elle était injuste envers moi. J'ai levé la main et je lui ai rendu sa gifle.

La pièce était plongée dans un silence de mort. Mme Johnson me fixait des yeux, le regard noir de rage. Une tache rouge de la grandeur de ma main est apparue sur sa joue.

« Je pourrais te faire arrêter par la police, a-t-elle hurlé. Hors de ma vue! Va-t'en tout de suite! »

En sortant de la bibliothèque, je serrais contre mon cœur mon précieux journal, et mes jambes tremblaient. Je suis allée directement à la cuisine et je suis restée là, sans bouger, pendant un moment. J'ai retiré le tablier que je portais, je l'ai plié et je l'ai déposé calmement sur ma couchette. Mme Coteau me regardait faire. Elle n'a pas dit un mot. J'ai simplement pris mon journal et je suis partie.

Je ne savais pas quoi faire. Je n'avais pas d'ami dans cette ville, sauf Connor, et je ne savais pas où le trouver. Je n'avais pas le choix. Je suis retournée chez les religieuses qui m'ont accueillie sans poser de questions. Je leur en suis si reconnaissante!

## 7 août 1847

Vers le milieu de l'avant-midi, sœur Marie-France a demandé à me voir. En me regardant d'un

85

air sévère, elle m'a dit que Mme Johnson était venue la voir exprès pour déposer une plainte contre moi. À ses dires, mon comportement démontrait mon manque de gratitude et, pire encore, mon manque d'humilité. Une personne dans ma condition ne peut pas se permettre d'agir comme je l'ai fait. Qui plus est, j'aurais causé du tort aux autres filles qui ont perdu leurs parents et qui doivent compter sur la charité des sœurs et sur la bonté de femmes comme Mme Johnson, qui veulent bien les prendre sous leur toit, elles qui n'ont personne d'autre que les sœurs pour se porter garantes de leur personne.

« Que penses-tu qu'il arriverait aux autres filles si des dames comme Mme Johnson se mettaient à croire que ces filles risquaient de se comporter comme tu l'as fait? » m'a-t-elle demandé.

Je n'en avais aucune idée. Je sais qu'une fille qui est seule au monde, comme moi, a besoin d'un travail honnête et qu'elle ne l'obtiendra jamais si elle a la réputation de causer des problèmes ou d'avoir mauvais caractère. J'ai présenté mes excuses pour les ennuis que j'avais causés et j'ai dit que j'espérais n'avoir pas entaché la réputation des sœurs ou de leurs protégées. Sœur Marie-France m'a fait promettre d'aller me confesser à la première occasion. Entre-temps, elle me demandait d'aller chercher un seau et une brosse et de faire briller le plancher du couloir.

J'allais me retourner pour repartir, mais elle m'a

demandé si c'était vrai que j'avais écrit tous les jours dans ce petit carnet. Je me suis sentie rougir, mais je ne pouvais pas lui mentir. J'ai répondu que oui. Elle m'a regardée pendant un instant, puis elle a dit que je ferais mieux d'utiliser mon journal pour réfléchir à ma propre vie, plutôt que d'y transcrire des papotages au sujet de dames comme Mme Johnson.

La tête haute, je me suis tournée pour m'en aller. Sœur Marie-France m'a demandé de revenir. Sa voix était plus douce. Elle a dit qu'elle avait autre chose à discuter avec moi. La journée même, elle avait reçu une lettre me concernant.

Je me suis vivement retournée, le cœur gonflé d'espoir. Ce devait être de Michael ou d'oncle Liam. Sinon, de qui d'autre?

Le regard triste de sœur Marie-France a aussitôt réduit mes espoirs à néant. La lettre venait du maître de poste de Bytown, non loin de l'endroit où oncle Liam habitait. Mais il avait déménagé! Un mois auparavant, il avait vendu sa terre de la vallée de la Gatineau et était parti s'installer dans un endroit où la terre était meilleure. Le maître de poste savait à peu près dans quelle région oncle Liam était parti et il avait écrit à un autre maître de poste afin de s'en assurer. Il enverrait des nouvelles à sœur Marie-France dès que l'autre maître de poste lui aurait répondu. Il a dit aussi qu'oncle Liam avait écrit à son frère en Irlande, l'automne dernier, et qu'il craignait le pire puisqu'il n'avait reçu aucune réponse.

J'étais sonnée par cette nouvelle. Pourquoi papa n'avait-il pas reçu cette lettre? Oncle Liam avait-il décidé de nous laisser tomber? Avait-il déménagé pour cette raison? Et me croyait-il morte, comme Michael? Et Michael? Allait-il réussir à trouver oncle Liam? Et s'il n'y arrivait pas? Qu'allait-il advenir de lui?

Mais sœur Marie-France avait déjà pensé à tout ça. Elle avait envoyé un mot au maître de poste, lui demandant d'intercepter Michael s'il le voyait et de lui dire que sa sœur était en vie, à Montréal. Elle a dit que, dès qu'elle aurait des nouvelles du maître de poste de Bytown, elle écrirait à oncle Liam pour lui dire où je suis. Elle est si gentille que je lui ai sauté au cou. Puis, gênée, j'ai reculé. Elle a simplement souri, en disant qu'elle comprenait, car elle avait elle-même sept frères et que, si elle avait été à ma place, elle se serait fait du souci, elle aussi.

Tant qu'à faire, je me suis dit que j'allais lui demander si elle avait des nouvelles de Connor. Sœur Marie-France avait reçu un petit mot du couple qui avait adopté Daniel : ils disaient qu'ils seraient ravis d'avoir sa visite.

### 8 août 1847

J'ai passé la soirée avec deux autres filles qui avaient été placées comme domestiques, mais qui ont été renvoyées par leur patronne. Eileen, qui a 13 ans, a perdu sa place parce qu'elle n'arrêtait pas de tout briser, et chaque fois on la battait. Marie-Catherine, qui a 15 ans, a dû quitter la sienne parce qu'elle est tombée malade. Elle est maigrichonne, avec des yeux qui lui mangent le visage et des os qui lui sortent de partout. Elle fait beaucoup plus jeune que son âge. Maintenant qu'elle est revenue chez les sœurs, elle va mieux, mais elle n'a pas encore repris assez de forces pour retourner travailler. On lui a dit qu'une famille charitable était prête à la prendre, mais elle souhaite rester chez les sœurs. Elle dit qu'elle veut devenir religieuse.

C'était très agréable d'avoir de nouvelles compagnes à qui parler. C'est le bon côté de cette maison. Malheureusement, personne n'y reste très longtemps. Un jour, on rencontre une fille et, le lendemain, elle repart travailler dans une famille ou ailleurs. Impossible de devenir des amies proches, qui se connaissent comme des sœurs, comme Anna et moi.

Je me demande si Anna s'est fait de nouvelles amies. M'a-t-elle oubliée?


### 9 août 1847

Aujourd'hui, Patrick aurait eu un an. Maman l'aurait chouchouté. Papa lui aurait fait faire le tour de la pièce en dansant. Il nous faisait toujours danser, le jour de notre anniversaire. J'ai souri en me les imaginant, puis je n'ai pas pu m'empêcher de pleurer.

J'ai demandé la permission d'aller au parc où Connor a dit que Michael et lui se rencontraient de temps en temps. Je pensais y trouver Connor ou une de ses connaissances. Sœur Marie-France m'a permis de m'absenter pour un petit moment, après que je l'ai aidée à faire la lessive. J'aurais peut-être mieux fait de rester. La moitié des gens à qui je me suis adressée ne parlaient pas un mot d'anglais, et les autres ne savaient rien. Je me suis mise à pleurer, une fois de plus, au beau milieu du parc.

J'aimerais tant que nous soyons de nouveau réunis, maman, papa, Michael, Patrick et moi. Que nous soyons chez nous, avec de quoi manger et heureux, entourés de nos amis. Si seulement rien n'avait changé! Les changements n'apportent que de la souffrance et du chagrin.

### 10 août 1847

De nouveaux enfants arrivent presque tous les jours. Ils ont besoin de bien manger et d'avoir des vêtements propres, alors le travail ne manque pas. J'ai passé la journée à faire du repassage et à penser à ce que sœur Marie-France m'avait dit. À partir de maintenant, je vais suivre son conseil et me servir de mon journal pour réfléchir. Voici ma première réflexion : je dois être beaucoup plus attentive à ce que je fais quand je repasse, car les fers chauds sont dangereux. On peut facilement se brûler la main ou le côté du bras si on ne fait pas attention en prenant un fer chaud. On peut encore plus facilement laisser tomber un fer chaud qui pourrait atterrir sur le pied (ou, dans mon cas, juste à côté) d'une bonne sœur qui vaque à ses occupations. Et aussi, il est étonnamment facile de laisser traîner un fer chaud un peu trop longtemps sur une pièce de linge ou sur un beau drap blanc quand la repasseuse (moi) se lance dans une longue histoire qu'elle raconte à une autre et, par conséquent, de laisser une marque de vapeur sur la pièce à repasser ou, pire, de carrément la brûler. La sœur responsable de la lessive a dit qu'on apprend toujours de ses erreurs. Mais je sais qu'elle n'est pas très contente d'avoir à rapporter la perte d'une pièce de linge en bon état.

Aussi, je ne comprends pas comment les sœurs font pour supporter la chaleur du feu, des fers à repasser et des journées d'été, habillées de leurs longues robes de laine et de leurs voiles. Dieu doit vraiment les aimer beaucoup.

### 11 août 1847

Pas de nouvelles de Michael. Je suis désespérée!

Deux sœurs de la communauté se rendent tous les jours aux baraques à fièvre pour prendre soin des malades et des mourants. J'y ai longuement réfléchi et aussi à ce que j'ai vu quand j'y suis allée pour voir papa. J'ai décidé de redemander à sœur Marie-France si je peux les accompagner, même si elle me l'a déjà refusé auparavant. Elle n'a pas perdu une seconde pour me le refuser encore. Mais elle l'a fait avec beaucoup de délicatesse. Elle m'a expliqué que, souvent, celles qui vont aider au soin des malades peuvent elles-mêmes tomber malades et en mourir.

J'ai réfléchi à ce problème et je lui ai répondu que je n'étais pas tombée malade sur le bateau ni après, même quand je m'étais rendue aux baraques malgré ses avertissements. « Peut-être, lui ai-je dit, que Dieu m'a protégée justement parce qu'il voulait que j'aide mes compatriotes qui ont eu moins de chance que moi. » Puis je lui ai répété ce que j'avais entendu dire chez les Johnson, par Claire qui avait entendu M. Johnson le dire : chaque jour, dans le journal, on rapportait le nombre effarant des morts dans les baraques.

« Je veux faire quelque chose », ai-je dit.

Elle m'a regardée attentivement pendant un très long moment, puis elle m'a demandé si je comprenais bien les dangers auxquels j'allais m'exposer. J'ai dit que oui. Finalement, elle a accepté.

## 12 août 1847

Aujourd'hui, je suis allée aux baraques des immigrants et j'ai travaillé au côté des sœurs. Nous avons fait de notre mieux pour donner de l'eau et du bouillon (quand nous en avions) aux malades qui sont capables de boire. Puis, si nous le pouvions, nous avons installé dans des lits propres les patients les plus mal lotis. Mais c'était comme essayer de construire un long mur avec de tout petits cailloux. J'ai entendu un monsieur dire à un autre que plus de 1 500 hommes, femmes et enfants étaient logés dans les baraques et qu'il en mourait plus de 20 par jour, dont il fallait ensuite disposer. Le même monsieur a dit qu'il allait être bien content quand les nouvelles baraques de la pointe du Moulin seraient prêtes et que les malades pourraient y être déménagés. Ainsi ce fléau qui emporte tant d'honorables citoyens serait enrayé, et la confiance collective serait rétablie.

Je ne comprenais pas ce qu'il entendait par là. Je l'ai donc demandé aux sœurs. Elles ne le savaient pas non plus. Mais un docteur qui m'avait entendue poser cette question a dit que, à cause de la maladie, les affaires et l'achalandage commercial ont énormément souffert à Montréal. Les marchands (mis à part les fabricants de cercueils) demandent donc qu'on prenne des mesures, sinon la ville risque d'être ruinée. Le docteur avait parlé avec un ton de mépris. Certains Montréalais, a-t-il ajouté, voudraient renvoyer tous les Irlandais par bateau auprès de leurs propriétaires et, s'il existait un moyen de le faire sans qu'il ne leur en coûte rien, cela aurait déjà été fait.

## *13 août 1847*

Papa avait toujours pensé que les choses seraient différentes, de l'autre côté de l'océan. Personnellement, je commence à croire qu'il n'y a que misère pour les moins bien nantis, où qu'ils se trouvent. Partout où je vais, j'entends dire des Irlandais qu'ils sont des paresseux et les artisans de leur propre malheur. Mais la plupart de ceux qui sont ici sont soit malades soit sans ressource bien malgré eux, et réduits à la mendicité.

Ce matin en me rendant aux baraques, j'ai vu une femme qui mendiait au coin de la rue. Elle disait aux passants qu'elle avait deux petits enfants et que son mari et son troisième enfant étaient morts, l'un pendant la traversée et l'autre dans les baraques. Un policier est arrivé, l'a attrapée par le bras et lui a dit qu'il était interdit de mendier dans les rues et que, si elle avait besoin de trouver à manger, elle devait se rendre aux baraques où on donnait de la nourriture aux gens de son espèce. Elle n'a pas eu d'autre choix que de s'en aller, portant son bébé dans un bras et entraînant l'autre petit à sa remorque. Elle faisait si pitié à voir que j'ai demandé à la sœur si je pouvais l'aider.

J'ai pris son bambin dans mes bras et j'ai marché avec elle. Elle était maigre, avait l'air hagard et semblait avoir l'âge de ma mère, même si elle m'a dit qu'elle n'avait pas encore 24 ans. Elle ne savait pas, m'a-t-elle confié, ce qu'il allait advenir d'elle et de ses enfants. Elle avait tenté de trouver du travail, mais il n'y avait rien, sinon des places de servante. Elle avait considéré cette solution, même s'il fallait alors abandonner ses enfants. Mais sans recommandation et sans personne pour se porter garant d'elle, comme les sœurs l'ont fait pour moi, elle n'avait rien trouvé. Évidemment, de la voir arriver en haillons n'était pas très invitant. Je suis sûre que plusieurs la croient malade. J'ai entendu dire que les Montréalais ont peur d'engager ceux qui viennent des bateaux, par crainte de la contagion. Mais, en même temps, les autorités craignent que tous ces sans-abri ne deviennent un fardeau pour les deniers publics. Belle contradiction! D'un côté, on ne veut pas les engager même si on manque de main-d'œuvre et, de l'autre, on leur reproche de mendier et d'être une menace pour les ressources financières de la ville. On dirait que ces gens pensent que la seule solution à ce problème serait de remonter dans le temps et de faire en sorte que les Irlandais ne soient jamais venus ici. Mais le monde ne fonctionne pas ainsi!

J'ai laissé cette pauvre femme aux baraques, où on lui a dit qu'il n'y avait rien à manger pour le moment. Quand je l'ai vue pour la dernière fois, elle était assise par terre, avec ses deux petits serrés contre elle, et elle avait la tête baissée.

### 14 août 1847

Je suis retournée aux baraques. Je m'y suis rendue utile, et cela m'a rappelé que bien des gens en ce monde ont moins de chance que moi.

### 16 août 1847

Pas grand-chose à écrire. Je suis si fatiguée à la fin de la journée! Malgré tous les efforts des sœurs, les malades continuent d'arriver et, chaque jour, il en meurt des quantités.

### 19 août 1847

Quand je ne suis pas aux baraques, j'aide les sœurs avec les jeunes fraîchement débarqués qui arrivent à Montréal soit déjà orphelins soit avec des parents qui sont trop malades pour s'occuper d'eux. J'aide les petits à enlever leurs haillons, à prendre un bain et à se rhabiller avec des vêtements propres. Les plus grands semblent heureux d'avoir une compatriote capable de leur parler de ce nouveau pays. Je m'occupe aussi de la lessive et du ménage. Le soir, j'aide les petits à se coucher. S'ils sont agités, je leur raconte des histoires de fées (en chuchotant, car les sœurs ne les approuvent pas) afin de les aider à s'endormir. Pendant tout ce temps, je souffre de ne pas avoir de nouvelles de Michael. Ma famille, pour le peu qu'il m'en reste, me manque terriblement. Je souffre de ne pas être chez moi. Et parfois, au beau milieu de la nuit, je me réveille et j'ai le cœur brisé d'avoir perdu maman et papa.

### 20 août 1847

Les nouveaux arrivés continuent d'être adoptés par de généreuses familles. Il m'arrive de voir les hommes et les femmes qui viennent chercher les plus petits afin de les emmener chez eux. Presque immanquablement, les femmes semblent fondre de tendresse quand elles se penchent pour regarder les yeux bleus ou bruns de ces bambins. La mère supérieure exige que les bébés soient propres en tout temps afin de rassurer ces familles assez charitables pour les recueillir et de bien leur montrer qu'ils ne sont ni malades ni contagieux.

Les grandes, comme moi, doivent gagner leur croûte, évidemment. On nous regarde d'un œil critique, semble-t-il, et on nous interroge sur les tâches que nous avions l'habitude de faire chez nous. Ce matin, j'ai entendu deux femmes qui discutaient en attendant d'être reçues par les sœurs. L'une disait que les jeunes Irlandaises étaient de vraies petites sauvages qui ne valent rien pour les tâches domestiques et qu'il faut les surveiller constamment.

« Elles vous apportent plus de soucis que toute

autre chose », a-t-elle dit.

Pourtant, elle était venue chercher une fille. La seconde a déclaré qu'elle ne prendrait pas une fille chez elle, à moins d'être certaine qu'elle saurait se mettre aussitôt à la tâche.

« Je n'ai pas le temps de tout montrer à une petite ignorante », a-t-elle dit.

### 21 août 1847

Ce matin, on m'a envoyée voir sœur Marie-France. Mon cœur battait très fort tandis que je me rendais à sa porte. Elle avait peut-être eu des nouvelles de Michael. Ou d'oncle Liam. J'ai frappé à la porte. Ma main tremblait. Quand elle m'a dit d'entrer, d'une voix très douce, et que j'ai eu passé le seuil, j'ai vite déchanté, car elle n'était pas seule. Une femme était là, une certaine Mme Hall. Elle est anglaise et, ayant entendu dire que tant d'orphelines étaient prêtes à travailler comme domestiques, elle était venue en chercher une. Elle a un beau sourire, des yeux d'un bleu limpide et une voix très mélodieuse. Son mari et elle ne sont ici que depuis trois ans. Ils ont deux jeunes enfants et elle a besoin d'aide à la maison. Elle m'a interrogée au sujet de ma famille et de moi-même, et elle a semblé contente d'apprendre que je sais lire et écrire. Même si elle est anglaise, elle était triste d'apprendre que toute ma famille, sauf Michael, était morte de la fièvre. Elle semblait beaucoup plus gentille que les deux femmes que j'avais entendues hier et j'étais heureuse d'avoir une chance de gagner ma croûte tout en attendant d'avoir des nouvelles de Michael. J'étais très contente, du moins jusqu'à ce qu'elle annonce qu'elle repartirait dans quatre jours pour un endroit qui s'appelle Sherbrooke et qui se trouve à quelques jours de route, au sud-est de Montréal. En l'apprenant, toute ma joie s'est envolée. Si je quitte Montréal, comment pourrai-je retrouver Michael et oncle Liam? Aussi, quand Mme Hall m'a demandé si j'aimerais travailler pour elle, j'ai hésité.

Sœur Marie-France s'est empressée de dire que je la remerciais de son offre et que j'étais prête à faire tout ce qu'elle voudrait. Mme Hall s'est tournée vers moi et m'a demandé si c'était vrai.

Je ne savais pas quoi dire.

Elle a alors dit que, si je ne voulais pas de cette place, je n'avais qu'à le dire. Sa famille, a-t-elle dit, était une famille heureuse. Mais elle ne le resterait pas si elle engageait une personne qui venait travailler chez elle à contrecœur.

Sœur Marie-France lui a assuré que j'étais dans de bonnes dispositions et que j'étais travaillante. Mais Mme Hall m'a regardée et a attendu que je lui réponde moi-même. J'ai baissé les yeux et j'ai marmonné que j'étais heureuse de son offre de travail.

Il y a eu un long moment de silence. Finalement,

elle a dit qu'elle reviendrait dans deux jours et que, si j'étais prête à partir avec elle, j'étais engagée. Sinon, elle rencontrerait une autre fille.

## 22 août 1847

Pendant toute la soirée d'hier, puis toute la journée, je n'ai pensé à rien d'autre qu'à mon avenir incertain. Demain, je dois donner ma réponse à Mme Hall. Sœur Marie-France n'a rien dit, mais je sais qu'elle pense que je dois accepter cette place. Mais alors, comment vais-je faire? Si je pars, comment Michael ou oncle Liam feront-ils pour me retrouver? Je ne sais pas quoi décider!

## 23 août 1847

Hier soir, j'ai pris ma décision. Ce matin, je suis tout de suite allée voir sœur Marie-France et je lui ai demandé d'écrire une autre lettre pour moi. Puis, quand Mme Hall est revenue, elle m'a regardée jusque dans le fond des yeux et m'a demandé si j'étais sûre de vouloir travailler chez elle et j'ai dit oui.

Mais elle n'était pas satisfaite et a demandé à sœur Marie-France si elle pouvait rester seule avec moi pour un instant.

« Bon! m'a-t-elle dit quand nous avons été seules. Maintenant, dis-moi ce qui te retient d'accepter franchement. »

J'ai répondu qu'il n'y avait rien.

« Avant-hier, quand je t'ai fait mon offre, j'étais certaine que tu allais refuser aujourd'hui, a-t-elle poursuivi. Pourquoi as-tu décidé d'accepter? »

Je n'avais plus le choix, semblait-il. Je devais expliquer pourquoi j'étais déchirée entre partir avec elle ou rester à Montréal. Elle m'a écoutée sans m'interrompre. Quand j'ai eu fini, elle a dit : « Et maintenant, tu en es certaine? »

Je lui ai expliqué que sœur Marie-France avait promis d'écrire une autre lettre au maître de poste de Bytown afin de l'informer de l'endroit où me trouver. Mme Hall m'a surprise en me proposant de faire paraître une annonce dans le journal : quiconque voudrait me joindre devrait en informer la direction du journal, où elle allait laisser les renseignements nécessaires pour me retrouver. C'était une bonne idée, lui ai-je dit, mais j'étais incapable de payer pour la parution de cette annonce. Elle a dit qu'elle le ferait, puis déduirait le montant sur mes gages.

Elle est si différente de Mme Johnson que j'ai du mal à y croire. Elle ne me connaît pas du tout. Pourtant, elle se préoccupe de mon bonheur et de mon bien-être. J'ai vraiment l'intention de travailler fort pour elle et de faire particulièrement attention de ne rien laisser tomber par terre. Je ne veux pas qu'elle soit déçue et qu'elle regrette d'avoir tant fait pour m'aider.

## 25 août 1847

Je suis retournée une dernière fois aux baraques à fièvre avec les sœurs. J'ai entouré de mon bras les épaules d'une fille pas plus âgée que moi afin de l'aider à boire de l'eau. La paille sur laquelle elle était couchée était humide et puante, mais on ne pouvait rien y faire. Sa chemise, guère plus qu'un haillon, était tout aussi malodorante, et elle n'avait même pas un drap pour se couvrir.

« Tu es un ange », a-t-elle réussi à me dire après avoir bu tout son soûl.

Quand je lui ai assuré que ce n'était rien d'autre que de la charité chrétienne, elle a écarquillé les yeux.

« Tu es irlandaise! » s'est-elle exclamée.

J'ai dit que oui et que j'étais venue au Canada pour la même raison qu'elle. Elle a dit qu'elle avait imaginé le Canada avec des montagnes de beurre et des rivières de lait. On lui avait dit, comme à moi, que tout le monde ici mangeait de la viande tous les jours et que le miel coulait en abondance. Elle m'a demandé si j'avais goûté à ces choses.

J'avais pu goûté, lui ai-je dit, à de la viande, du lait et du beurre, mais pas encore à du miel. Elle a souri, puis fermé les yeux. Elle devait penser au bon goût du beurre, me suis-je dit. Quelques minutes ont passé, et son corps si frêle s'est alourdi sur mon bras. J'ai alors réalisé qu'elle venait de s'éteindre. Je l'ai déposée et je suis allée avertir les sœurs, qui m'ont envoyée remplacer la paille souillée par de la fraîche qui avait été livrée aux baraques durant l'après-midi.

Avec quelques religieux, j'ai commencé à retirer la vieille paille pourrie et à la remplacer par de la propre. C'était un travail très dur. J'étais en train de pousser sur les pavés un chariot lourdement chargé de paille détrempée quand j'ai été soudainement arrêtée. Une des roues avait buté contre un pavé qui rebiquait. J'ai fait reculer le chariot et tenté de lui faire contourner l'obstacle, mais il a buté contre un autre pavé.

« Laisse-moi t'aider », a dit une voix douce, dans mon dos.

Très reconnaissante, j'ai laissé ma place à un jeune homme qui a fait contourner l'obstacle au chariot. Puis, les mains toujours sur les brancards, il m'a demandé où je transportais la paille. Je le lui ai dit, et il s'est mis à pousser. J'ai trottiné à sa suite, ravie de son coup de main. Mais quand je l'ai rejoint, j'ai vu qui c'était.

« Tu es le voleur! » me suis-je exclamée.

Il n'a pas réagi à cette accusation.

« J'ai bien envie d'appeler un gendarme », ai-je dit.

Il a ri. Il a dit que les gendarmes ne prendraient jamais sa place pour m'aider, sauf s'ils pouvaient retirer un profit de la paille souillée et pleine de maladie. Et si tel était le cas, je serais vite débarrassée et de mon chargement et de mon chariot, et je n'entendrais plus jamais parler d'eux.

« Alors tu justifies tes vols en accusant tout le monde d'être des voleurs? » ai-je rétorqué.

« Pas tout le monde, a-t-il répondu. Seulement ceux et celles qui le méritent. »

Et il m'a encore souri! Tout en marchant, il m'a raconté son histoire. Il s'appelle Tommy Ryan.

Quand les pommes de terre avaient pourri en Irlande, son père était parti travailler comme cantonnier, en échange d'une quantité de nourriture à peine suffisante pour une seule personne. Il avait tout donné à sa famille, mais c'était trop peu. Deux de ses petites sœurs étaient mortes de faim et de fièvre. Son père avait continué de travailler jusqu'à ce que, lui aussi, meure de malnutrition. Le propriétaire avait alors chassé le reste de la famille de leur maison et les avait fait embarquer sur un vieux rafiot en partance pour le Canada. La mère de Tommy était morte de la fièvre pendant la traversée. Il s'était résigné à se débrouiller tout seul quand il serait finalement arrivé au Canada.

J'avais de la peine pour lui car, comme moi, il avait perdu sa famille.

« Malgré tout, ce n'est pas une excuse pour prendre ce qui ne t'appartient pas », ai-je dit.

« Comme la médaille? a-t-il demandé. Elle était tombée par terre, je le jure. L'homme à qui elle appartenait était déjà mort. »

Les larmes me sont montées aux yeux en pensant à mon père gisant dans cet endroit sinistre.

Tommy a touché mon bras et m'a demandé si cet homme était de ma famille. J'ai hoché la tête. Il a dit qu'il était désolé et que, s'il l'avait su et s'il m'avait connue, il ne l'aurait jamais prise.

« Donc tu ne voles que tes compatriotes que tu ne connais pas? » ai-je rétorqué.

Il n'a pas dit un mot. Puis, au bout d'un moment, il a dit que quitter l'Irlande n'avait pas été à la hauteur des rêves de sa mère. Ni de son père, d'ailleurs.

On pouvait le dire! Puis il m'a demandé si j'étais seule.

« J'ai un frère, mais... (J'avais envie de pleurer.) Il croit que je suis morte dans les baraques à fièvre. Je sais qu'il me chercherait s'il savait que je suis encore en vie. De mon côté, j'ai tenté de savoir où il était rendu. Mais je viens de trouver du travail dans une famille de Sherbrooke. Je pars demain. »

Nous sommes arrivés au bord du fleuve. Il a soulevé les brancards du chariot et a fait basculer la paille dans l'eau. Puis il a insisté pour pousser le chariot sur le chemin du retour. En route, il m'a demandé de lui raconter mon histoire. J'ai donc raconté le jour où nous avions appareillé, mon temps passé chez Mme Johnson et mon espoir que Mme Hall s'avère être une meilleure patronne.

« Depuis que je suis ici, j'ai rencontré beaucoup de gens de chez nous, a-t-il dit. Comment ton frère s'appelle-t-il? »

Je le lui ai dit, et il a dit que, si jamais il rencontrait Michael, il lui dirait qu'il peut me trouver chez M. et Mme Hall, à Sherbrooke. Il m'a souhaité bonne chance et il est parti.

### 26 août 1847

C'était mon dernier matin à Montréal. J'ai emballé mon maigre bagage : mon petit journal intime, un bout de crayon que les sœurs m'ont donné, un vieux tablier, un manteau usé et quelques petits présents offerts par les sœurs, le tout enroulé dans un paquet attaché avec des chiffons. Puis, très tôt, je suis allée attendre devant la grille. J'avais fait mes adieux aux personnes qui m'étaient chères, mais aucune d'entre elles ne m'était apparentée.

Un peu plus tard, un chariot est arrivé. À l'avant, un homme et une femme que je ne connaissais pas étaient assis. Derrière eux, il y avait Mme Hall et deux petites filles. Une autre fille, plus âgée, était installée derrière elles.

L'homme, la femme et la grande fille étaient M. et Mme Fenton et leur fille Fanny, qui a un an de plus que moi. Les deux petites sont les filles de Mme Hall : Lucy, qui a cinq ans, et Catherine, qui n'a pas encore un an et qui est potelée comme Patrick ne l'a jamais été. En m'apercevant, Mme Hall a souri. Puis elle m'a présenté Mme Fenton, qui s'est mise à renifler, le nez en l'air, comme si elle s'attendait à sentir une odeur désagréable émanant de moi. Elle m'a dit que je pouvais m'asseoir au fin fond du chariot. J'ai grimpé, et nous sommes aussitôt partis.

Nous n'avions pas fait beaucoup de chemin quand Fanny est venue s'asseoir avec moi. Presque instantanément, sa mère lui a demandé de revenir. Elle a protesté, mais sa mère le lui a répété avec autorité. Elle a obéi, mais à contrecœur. Mme Fenton n'a pas pris la peine de baisser la voix pour dire à Fanny qu'elle devait se tenir loin de moi parce que j'étais une de ces Irlandaises qui répandaient la maladie dans toute la ville. Mme Hall a protesté en disant que j'étais en parfaite santé. Mais Mme Fenton lui a dit que c'était de la folie de prendre chez elle une fille comme moi. La vapeur a failli me sortir par les oreilles, mais je n'ai rien dit et je me suis retenue de me retourner vers Mme Fenton pour la regarder droit dans les yeux. À la place, j'ai fait celle qui n'avait rien entendu.

Nous avons traversé la ville, puis pris le bac pour nous rendre de l'autre côté du fleuve. Ensuite, nous avons traversé de belles campagnes et, tard dans la journée, nous avons pris un autre bac pour traverser la rivière Richelieu. Finalement, encore plus tard, nous avons rangé le chariot en bordure de la route et nous avons passé la nuit dans ce que Mme Fenton a appelé une détestable auberge.

Personnellement, je l'ai trouvée pas trop mal. J'ai aidé Mme Hall avec les petites et j'ai dormi sur une paillasse propre, posée par terre, avec une couverture pour m'abrier. Nous avons passé encore une autre longue journée en chariot. Nous avons dû descendre plusieurs fois et continuer en marchant, là où la route était trop mauvaise ou avait été emportée par les eaux. Fanny venait parfois marcher avec Lucy et moi. Elle m'a raconté sa visite à Montréal et m'a parlé des illustrations qu'elle avait vues, représentant la dernière mode à Londres. Elle ne semblait pas être dérangée par mon silence. Je ne savais tout simplement pas quoi lui dire. Par endroits, la route était faite de rondins alignés côte à côte, et nous nous faisions secouer comme des pruniers. On se demande comment les roues du chariot ne se sont pas détachées toutes seules! Finalement, nous avons trouvé une autre auberge, qui était davantage au goût de Mme Fenton. Elle a dit que c'était plus propre et que la nourriture y était plus acceptable. Le lendemain, M. Fenton nous a déposées chez M. et Mme Hall, les petites, Mme Hall et moi.

La maison est au milieu d'un terrain déboisé. Mme Hall dit que son mari et plusieurs autres ont mis plus de deux ans à abattre assez d'arbres pour créer cette vaste trouée dans la forêt. La maison a deux étages. La fondation est en pierres et monte jusqu'à la hauteur de ma taille. Les murs sont en bardeaux de bois. Le toit, comme tous les toits dans ce pays, est très pentu, à cause de la neige. Une véranda court sur toute la façade. Derrière, il y a un potager où Mme Hall cultive des légumes. Elle fait aussi la cueillette des petits fruits, en saison, et en fait des confitures. Je n'ai jamais goûté à de la confiture, mais je ne le lui ai pas dit.

La maison est loin de tout. Il faut marcher plusieurs heures pour se rendre à Sherbrooke. Il n'y a pas d'autres voisins que les Fenton. Mais l'endroit est coquet et agréable. Les murs du salon sont peints en jaune, et les cadres des fenêtres sont noirs. À l'arrière de la maison et jouxtant le salon se trouve la chambre de M. et Mme Hall. En face du salon, il y a la salle à manger et derrière, une autre petite chambre où dorment les deux petites filles de Mme Hall. Tout au fond de la maison, il y a une cuisine aussi grande que celle de chez Mme Johnson, mais beaucoup plus ensoleillée, car elle n'est pas au sous-sol.

À l'étage, qui est moins grand que le rez-de-chaussée, il y a trois coquettes petites chambres, dont l'une deviendra la mienne. Elle est à peine plus grande que l'un des placards chez Mme Johnson, mais elle semble très douillette. Et c'est la mienne, à moi toute seule! J'ai du mal à y croire. Les deux autres chambres sont pour Mme Lyons, la cuisinière, et pour un homme que M. Hall espère pouvoir faire travailler pendant une partie de l'année qui vient. En plus, il y a plusieurs grands rangements où Mme Hall entrepose des malles et des caisses et M. Hall, des bouts de bois, des boîtes de clous et d'autres fournitures de charpentier.

M. Hall est arrivé avant le souper. C'est un bel homme, grand, avec une moustache bien taillée, de beaux yeux bruns et le sourire facile. Il adore ses petites filles, et Lucy est visiblement folle de son papa. Elle se met à rire et à glousser dès qu'elle le voit et elle se précipite vers lui, avec ses deux petits bras potelés tendus pour qu'il la prenne et la soulève au-dessus de sa tête. Il semble l'adorer tout autant et est heureux de le lui manifester.

### 31 août 1847

J'ai été si occupée que je n'ai pas eu une seule minute pour écrire.

Il y a trois jours, j'ai dormi pour la première fois dans ma chambre à moi, dans mon lit à moi et sur une paillasse bien moelleuse. Dans l'enveloppe de coton, au milieu sur un côté, une fente permet de passer le bras et de répartir la paille quand elle est trop tassée. J'ai aussi un drap et une couverture. Quand l'hiver arrivera, Mme Hall dit que j'aurai une courtepointe pour me tenir au chaud. Les hivers, dit-elle, sont très froids dans ce coin de pays, et je risque d'en être très surprise.

J'ai la tête pleine de tout ce que j'ai appris. Ces derniers jours, on m'a laissée le plus souvent aux bons soins de Mme Lyons. Elle s'assure que j'observe bien tout ce qu'elle fait. Elle m'a avertie que je dois m'attendre à travailler fort, car six hommes doivent arriver dans les jours qui viennent. Ils vont aider M. Hall à bâtir une grange pour ses bêtes : deux bœufs de trait, quatre vaches, six brebis avec leurs agneaux et des cochons. Pour le moment, elles sont logées dans une petite cabane où M. et Mme Hall vivaient quand ils sont arrivés dans la région. Mme Lyons dit que ces hommes vont avoir très faim et qu'on doit les nourrir avec de bons mets bien consistants.

## 1<sup>er</sup> septembre 1847

Mme Lyons avait raison. Les hommes de peine sont affamés et ils mangent des quantités inimaginables! Aujourd'hui à midi, ils ont mangé un ragoût de porc et de bœuf avec des légumes du jardin de Mme Hall, une soupe aux pois bien consistante, du pain beurré et du thé avec du sucre. Il faut tout faire mijoter ou cuire sur la cuisinière et dans la cheminée. Le travail est beaucoup plus dur que chez Mme Johnson, mais Mme Lyons est beaucoup plus gentille que Mme Coteau, même si elle exige qu'on fasse les choses à sa façon. Elle m'a dit de ne jamais chercher à deviner comment on fait telle chose ou dans quel endroit se trouve tel objet, et de plutôt le lui demander. Elle dit que tout ira mieux si nous avançons dans la même direction, comme des chevaux de trait bien dressés.

En plus de cuisiner, je dois m'occuper des petites, et plus particulièrement de Lucy qui veut toujours jouer à allez-cours-que-je-t'attrape. Je suis heureuse d'avoir ma petite chambre. Le soir, je m'effondre dans mon lit, si fatiguée que mes yeux se ferment malgré moi.

## 2 septembre 1847

Je suis trop épuisée pour écrire.

## 3 septembre 1847

Après le souper, Mme Hall m'a demandé si je savais tricoter. J'ai dit que oui, même si je ne suis pas très douée. J'ai appris quand j'étais petite, mais les temps sont devenus trop durs et nous ne pouvions plus acheter la laine. Je suis complètement rouillée.

Mme Hall m'a donné de la laine et des aiguilles et m'a demandé de lui montrer les points que je connaissais. Mais j'ai même oublié comment tricoter à l'endroit! J'ai rougi tout en tortillant ma laine. Finalement, elle a dit qu'elle me montrerait. Elle ne semblait ni ennuyée ni fâchée. Alors j'ai tricoté quelques rangs. J'étais si tendue que mon tricot était de plus en plus serré, et le carré que j'étais censée faire commençait à ressembler à un triangle. Mme Hall a ri, mais gentiment, et a dit qu'elle avait souvent ce problème quand elle commençait un morceau avec de nouvelles aiguilles. Elle a défait mon tricot et m'a dit de recommencer. Cette fois, j'ai tricoté correctement sans aide.

### *4 septembre 1847*

Mme Fenton et Fanny sont venues nous rendre visite avec la grande sœur de Fanny, Élisabeth, qui s'est mariée l'an dernier et part retrouver son mari à Montréal. Pendant qu'elles étaient assises au salon, j'ai amusé Lucy et Catherine. Mme Fenton a critiqué ma façon de faire. Selon elle, je leur permettais de faire trop de bruit. Elle l'a dit sur un ton qui laissait croire que je travaillais pour elle et non pour Mme Hall. J'étais bien contente qu'on m'envoie à la cuisine pour aider Mme Lyons à préparer le thé.

La minute d'après, Fanny est arrivée, et j'étais prête à encaisser d'autres critiques. À la place, elle m'a aidée à faire mon travail. Elle m'a demandé si c'était vrai que j'étais venue au Canada à cause de la famine en Irlande. Je lui ai dit que oui. Alors elle m'a posé tant de questions au sujet de ma famille et de ma vie là-bas que ça m'a rendue mélancolique. Je crois qu'elle s'en est aperçue, car elle est passée à autre chose. Elle a dit que, un jour où Mme Hall pourrait se passer de moi, elle viendrait me chercher pour une promenade afin de me faire découvrir les environs. Elle me paraissait gentille, et j'appréciais sa conversation enjouée. Elle me rappelait un peu Anna, qui avait toujours mille choses à raconter, surtout des choses dont elle avait entendu parler et qu'elle rêvait d'avoir. (La plupart du temps, c'était une robe brodée de fils d'or.)

### 6 septembre 1847

Si Mme Johnson prenait la place de Mme Hall, je pense qu'elle ne tiendrait pas le coup, pas même pendant deux jours. Mme Johnson s'occupait principalement de donner des ordres aux autres. Mme Hall dirige notre travail, à Mme Lyons et moi, mais elle met la main à la pâte, et pas rien qu'un peu! Ce matin, elle m'a envoyée chercher des légumes dans le potager. J'ai emmené Lucy. Elle m'a suppliée de la laisser m'aider, et j'ai accepté, même si je devais la surveiller constamment pour qu'elle ne marche pas sur les plants. Quand je suis rentrée, Mme Hall et Mme Lyons avaient du pain qui cuisait au four et une soupe sur le feu. Et elles avaient déjà commencé à préparer la viande pour le dîner des hommes de peine. Sans compter qu'elles gardaient un œil sur Catherine, qui dormait dans un couffin, dans un coin de la cuisine.

M. Hall travaille aussi fort que Mme Hall. Ces dernières semaines, il est avec les hommes, occupé à ériger la grange. Le soir (mais pas en ce moment, à cause de la grange), il travaille à autre chose, comme fabriquer une commode à tiroirs pour mon usage personnel, a dit Mme Hall. Je tricote un châle tandis que Mme Hall ajuste un vieux manteau à ma taille. Elle dit que les deux me seront utiles pour l'hiver qui s'en vient, car le manteau que les sœurs m'ont donné ne sera pas assez chaud. Le soir, M. Hall consacre aussi du temps à ses filles. Quand Lucy lui demande de la prendre dans ses bras ou de faire le cheval avec elle, il accepte toujours, même quand il est très fatigué. Il prend aussi la petite Catherine et la berce dans ses bras jusqu'à ce qu'elle s'endorme. Mme Hall le regarde de la même façon que maman le faisait avec papa, avant que les choses aillent mal.

### 10 septembre 1847

La grange est terminée, et les hommes sont repartis. Mme Hall est très soulagée. Elle avait non seulement du travail à n'en plus finir, mais c'était aussi beaucoup de dépenses. Elle a calculé que, au cours des 10 jours qu'ils ont passé ici, ils ont mangé plus de 150 livres de viande et, aussi, cinq miches de pain par jour, sans compter d'énormes quantités de soupe, de beurre, de thé et de sucre. M. Hall en a ri un peu, comme il le fait souvent, et a dit que la nouvelle grange le leur rendrait au centuple.

J'ai commencé à me faire une courtepointe.

Mme Hall a un grand sac rempli de retailles de tissus. Ce sont les restes des vêtements qu'elle coud ou refait. Lors de son dernier voyage à Montréal, la fois où elle m'a engagée, elle a rendu visite à une connaissance de sa famille en Angleterre. Cette dame lui a donné une pleine pochetée de vieux tissus (du linge et des vêtements déchirés ou usés) de toutes les couleurs de l'arc-en-ciel : rouge, bleu, jaune, vert, violet et rose. Je taille dedans des bandes que je vais ensuite coudre de manière à créer de jolis motifs.

### *13 septembre 1847*

Je ne sais pas ce qui m'arrive. Depuis ce matin, je me sens mélancolique, malgré le beau soleil et tout l'ouvrage à faire. Je n'ai pas cessé de penser à Michael. Je me demande ce qu'il devient. Je pense aussi à Connor et je me demande s'il a revu Daniel ou s'il a réussi à savoir ce qu'est devenu Kerry. J'aimerais tant que maman et papa soient avec moi et que nous ayons encore notre petite maison, avec une vache dans la grange et des poules, comme chez M. et Mme Hall. Mme Hall dit que, en travaillant fort, n'importe qui peut réussir dans ce pays. Mon père était l'homme le plus travaillant du monde. Il aurait réussi, j'en suis sûre.

Aujourd'hui, j'ai aidé à faire la lessive. D'habitude, une femme venait aider Mme Hall. Mais maintenant, elle me montre comment faire. Elle dit que je dois faire attention à ne pas gaspiller le savon, car elle le fait fabriquer par une femme des environs. Elle lui fournit les bouts de chandelles, la graisse de cuisson et les vieux os. En échange, cette femme garde pour elle une partie du savon et le revend ensuite.

J'ai découvert le secret du blé d'Inde. Les Américains en avaient envoyé en Irlande, pour lutter contre la famine. Mais c'était si difficile à digérer qu'on en tombait malade. Maintenant, je sais pourquoi : il n'était pas préparé correctement. D'abord, il faut faire bouillir les grains. Puis, il faut les égoutter et les faire sécher au feu jusqu'à ce que la peau commence à se fendiller. Ensuite, on les met dans un sac et on les bat avec un bâton (Mme Lyons m'a montré comment faire) jusqu'à ce que la peau se détache. Enfin, on fait cuire les grains jusqu'à ce qu'ils soient ramollis. Le résultat est délicieux, surtout servi avec du lait chaud.

## 15 septembre 1847

Aujourd'hui, Fanny est venue juste pour me voir, moi! Mme Hall a dit qu'elle pouvait se passer de moi pendant une heure, et nous sommes allées nous promener ensemble dans la forêt. Fanny a commencé par me montrer des arbres et des plantes, et m'en a dit les noms. Mais elle est vite passée à autre chose. Elle est très curieuse au sujet de l'Irlande et de ce qui est arrivé à ma famille. Dans le temps de le dire, je ne me sentais plus gênée du tout, et je lui ai tout raconté. D'abord Patrick, puis maman étaient morts. Ensuite, papa était tombé malade en route vers Montréal, et j'avais appris qu'il était mort. Enfin, Michael était tout ce qu'il me restait. En apprenant que Michael était parti parce qu'il me croyait morte, elle m'a serrée dans ses bras. Puis, quand je me suis mise à pleurer (bien malgré moi), elle m'a serrée encore plus fort. Elle a promis de revenir me voir dès qu'elle pourrait se libérer.

### 18 septembre 1847

J'ai commencé à travailler à ma courtepointe pendant mes temps libres. Je sais faire les coutures bien droites, car j'ai souvent aidé maman à arranger des vêtements. Mais je n'ai jamais fait de travaux très élaborés, et maman me montrait toujours exactement ce qu'elle voulait que je fasse. En plus, les ourlets sont invisibles tandis que les points se voient quand on assemble les morceaux d'une courtepointe. Mes points ne sont pas réguliers, et ce n'est pas joli. Mme Hall m'a montré comment bien les faire, mais je dois me concentrer très fort pour y arriver. Je sens que je m'améliore. Au début, Mme Hall a défait presque toutes mes coutures et a dit qu'il valait mieux recommencer. Maintenant, elle commente mon travail et parfois le corrige, mais beaucoup moins souvent. Je n'ai pas eu à défaire une seule couture depuis deux jours.

## 21 septembre 1847

Un ami de M. Hall nous a fait porter deux grandes mannes pleines de pommes. Une partie sera mise en réserve, dans un tonneau qui restera dans la cave à légumes. Le reste doit être mis à sécher. Mme Fenton et Fanny sont venues nous aider. Nous avons pelées et coupées les pommes, puis nous avons enfilé les morceaux sur des ficelles que nous avons suspendues pour que les pommes sèchent. Mme Lyons dit que, dans certains endroits au pays, on profite de la corvée de pommes pour se réunir et s'amuser ensemble. Les filles, dit-elle, doivent essayer de retirer la peau d'une pomme d'un seul tenant, puis lancer l'épluchure derrière leur dos. La lettre que forme l'épluchure en retombant par terre est censée représenter l'initiale du nom de leur futur mari.

Fanny a dit qu'elle voulait essayer. Sa pelure a formé un S ou un N, selon le sens dans lequel on la regardait. Nous lui avons dit tous les noms de garçon que nous connaissions et qui commençaient par ces deux lettres. Mais elle les a tous rejetés et voulait recommencer. Il m'a fallu un temps fou avant de réussir à obtenir une épluchure d'un seul tenant. Je l'ai lancée dans mon dos, et elle a formé la lettre C. J'ai aussitôt pensé à Connor. Dans ma tête, je les ai revus, Daniel et lui, si heureux d'être ensemble, et je me suis sentie jalouse, même si je sais que ce n'est pas bien. Où est rendu Michael?

### 23 septembre 1847

Mme Hall passe toute la journée à soigner Catherine, qui est fiévreuse et vomit. J'ai été très occupée à l'aider et je n'ai pas eu le temps d'écrire plus que ces quelques lignes.

### 24 septembre 1847

Catherine va un peu mieux, mais elle ne veut pas jouer. Elle est tout le temps accrochée à sa mère.

### 25 septembre 1847

Catherine va mieux. Mme Hall en est très soulagée. Moi aussi, car à la voir si malade, la pauvre petite chouette, je pensais à Patrick et aussi à maman, papa et Michael, qui me manquent terriblement. Mme Lyons m'a confié que Mme Hall avait perdu son dernier bébé, un petit garçon, à cause de la fièvre.

### 26 septembre 1847

Un homme que je ne connaissais pas est venu hier. Il a donné à Mme Hall des lettres et des colis venant du bureau de poste de Sherbrooke. Mme Hall était occupée à mettre Catherine au lit pour sa sieste. Elle les a donc mis de côté sans même y jeter un coup d'œil. Je ne tenais plus en place, à attendre qu'elle revienne au salon et qu'elle regarde s'il y avait un envoi de la part de sœur Marie-France ou de Michael. Mais quand elle est enfin revenue de la chambre de Catherine, Lucy a réclamé son attention, et les envois de la poste sont restés là où elle les avait laissés, sur un banc près de la porte d'entrée. Je n'arrêtais pas de les regarder, en me demandant si je ne devrais pas en parler. Puis M. Hall, qui arrachait des souches, est rentré. Il les a vus et les a passés en revue, annonçant à Mme Hall de qui venait chaque lettre et chaque colis. J'ai écouté avec impatience jusqu'à la fin, tout en espérant et en priant. Mais il n'y avait rien pour moi. Je n'ai pas montré que j'étais déçue, mais, une fois au lit, je me suis permis de pleurer.

## 27 septembre 1847

Je sais que c'est probablement un péché de le dire, mais je n'aime pas du tout Mme Fenton. Elle vient ici au moins une fois par semaine et parfois même plus souvent, car les Fenton sont les plus proches voisins des Hall. Elle est venue aujourd'hui et, comme d'habitude, Fanny l'accompagnait. Fanny s'est assise à la cuisine avec moi tandis que je frottais l'argenterie. J'aime bien parler avec elle. Elle aime la lecture. Elle a d'ailleurs une tante à Boston, qui a fait un bon mariage et qui possède une belle bibliothèque. Elle envoie constamment des livres à

Fanny, et Fanny me parle toujours du plus récent qu'elle est en train de lire. Elle adore la poésie et a appris plusieurs poèmes par cœur. Elle me les récite. Elle lit aussi des romans et des livres parlant des explorateurs qui se sont rendus dans de lointaines contrées. En ce moment, elle lit un livre d'un certain Mungo Park, qui s'est rendu au cœur de l'Afrique. Son récit est passionnant. Elle m'a raconté qu'elle était sûre qu'il avait survécu à cette expédition sinon il n'aurait pas pu la raconter. Pourtant, à chaque page qu'elle tourne, elle retient son souffle, impatiente d'apprendre comment il va parer au dernier danger. Elle a promis de me le prêter quand elle l'aurait terminé, même si, d'ici là, je vais en connaître toutes les péripéties, me suis-je dit.

Mme Fenton devait nous écouter depuis un moment, peut-être même en collant son oreille contre la porte, car dès qu'elle m'a entendue m'adresser à Fanny en toute simplicité, en l'appelant par son nom, elle est devenue furieuse. Elle a exigé que je m'adresse à elle en l'appelant Mlle Fanny et a dit qu'il était prétentieux de ma part (ce sont exactement ses mots) de m'adresser à elle comme si elle était mon égale. D'un ton posé, Mme Hall a dit qu'elle me considérait comme un membre de sa famille. J'aurais pu pleurer de joie. Mais Mme Fenton n'a pas bronché.

« Et vous appelle-t-elle maman? » a-t-elle dit, d'un ton cassant que je ne l'avais jamais entendue employer envers Mme Hall.

« Quelle question ridicule! » a dit Fanny, disant tout haut ce que je pensais tout bas.

Mais sa mère l'a fait taire, d'un seul regard. Quelle méchante femme!

Plus tard, Mme Hall m'a dit que Mme Fenton avait des préjugés envers les Irlandais. Bien des gens, m'a-t-elle expliqué, sont mécontents à cause de tous ces Irlandais qui sont venus au Canada, dont un grand nombre est malade et ne peut se prendre en main. Elle s'est empressée d'ajouter qu'elle ne faisait pas partie de ces gens et qu'elle ne reprochait pas leurs malheurs aux immigrants.

« Tu ne dois pas t'en offenser, m'a-t-elle dit. Mme Fenton a des opinions bien tranchées, mais c'est une bonne personne. Je suis sûre qu'elle va changer d'opinion quand elle te connaîtra mieux, comme moi. »

Personnellement, je n'en suis pas convaincue.

### 2 octobre 1847

Je vole quelques minutes pour écrire avant de sombrer dans le sommeil. J'ai été très occupée. En plus de mes tâches habituelles, j'ai travaillé aux préparatifs pour l'hiver. On a abattu une vache et deux cochons, ainsi qu'un des bœufs. Il fallait traiter toute cette viande afin de la conserver, en la fumant ou en la salant. Mme Hall et Mme Lyons sont en train de faire de la saucisse. Je vais enfin pouvoir y goûter et, bien grillée, j'espère! Mme Hall dit que nous allons utiliser le gras pour fabriquer des bougies. Les peaux seront vendues.

### 3 octobre 1847

Aujourd'hui, Fanny est venue ici pour offrir à Catherine une petite poupée de chiffon qu'elle avait fabriquée. Mais elle m'a avoué que la vraie raison était de venir me voir. Elle est contente, m'a-t-elle dit, d'avoir une amie à peu près de son âge. Une amie : c'est exactement le mot qu'elle a employé! Elle m'a apporté le livre de Mungo Park et a dit que je pouvais le garder tant que je le voudrais. J'aurais aimé avoir quelque chose à lui offrir en retour. Quand je tricoterai mieux, je lui ferai de gros bas pour l'hiver.

Je lui ai demandé si sa mère allait être fâchée qu'elle soit venue ici sans avertir. Elle a répondu que, même si sa mère se fâchait souvent, elle était généralement très gentille et que je ne devais pas m'en faire, car elle était beaucoup moins dure qu'il n'y paraissait. Sa mère, a-t-elle dit, adore les deux petites Hall, d'autant plus que, avant sa propre naissance, la famille Fenton comptait déjà un garçon et une fille, qui sont morts à cinq et trois ans. C'est pour cette raison que sa mère ne manque jamais une occasion de venir voir M. et Mme Hall.

J'ai maintenant un portrait différent de

Mme Fenton. Elle a plus de choses en commun avec ma propre mère que je ne l'aurais imaginé. Mais elle ne lui ressemble pas tant que ça, car maman traitait tout le monde avec le même respect, tandis que Mme Fenton se croit supérieure à d'autres, comme moi. Je trouve que ce n'est pas bien.

## 7 octobre 1847

Aujourd'hui, j'ai fabriqué 50 livres de bougies! Mme Hall a déclaré que c'étaient les plus belles qu'elle ait jamais fabriquées! Il a fallu qu'elle me montre comment m'y prendre. Mais ensuite, elle n'a pas eu à surveiller mon travail. De toute façon, elle ne pouvait pas, car Mme Lyons et elle étaient occupées à mettre à saler plus de 100 livres de viande.

Mme Hall tenait beaucoup à ces bougies. À Montréal, elle avait acheté des moules qui, dit-elle, rendent la tâche beaucoup plus facile qu'avec la méthode traditionnelle. Celle-ci consiste à faire tremper la mèche dans le suif fondu et à la laisser refroidir, puis de recommencer encore et encore, jusqu'à obtenir la bonne grosseur. Avec les moules, c'est beaucoup plus facile. Il faut dérouler la balle de mèche, laisser une longueur dans le moule et la fixer au fond. Puis on doit verser le suif fondu et laisser refroidir. Un vrai jeu d'enfant!

### 9 octobre 1847

Catherine a encore la fièvre et régurgite tout ce qu'elle avale. La pauvre petite lutte tant bien que mal. Je ne le dirai jamais à Mme Hall, mais je trouve qu'à chaque accès de fièvre, elle dépérit un peu plus. Son visage devient blanc comme le tablier de Mme Lyons, avec deux cercles rouges, causés par la fièvre, sur ses deux joues. Elle ne manifeste aucun intérêt pour la poupée de chiffon ni pour les chevaux d'enveloppes de maïs que Fanny et moi lui avons fabriqués. Elle reste couchée sur le canapé, à dormir ou à fixer sa mère d'un regard vide. Le docteur est revenu et a encore prescrit des bains tièdes. Mme Lyons continue de préparer de la bouillie d'arrow-root, et Mme Hall essaie de la lui faire avaler, généralement sans succès.

### 10 octobre 1847

Mme Hall a passé toute la nuit au chevet de Catherine. Je le sais parce que je me suis réveillée à deux reprises et que, chaque fois, directement sous ma chambre, je l'ai entendue chanter doucement tout en se berçant sur la chaise qui craquait. Le matin, quand je suis descendue pour attiser le feu, la cuisine était déjà chaude et confortable. Mme Hall berçait encore Catherine, qui dormait dans ses bras. Elle paraissait si pâle et si inquiète qu'elle m'a rappelé ma propre mère quand le petit Patrick était tombé malade pendant la traversée. Tous les deux me manquaient terriblement, surtout Patrick avec ses gloussements de plaisir auxquels, immanquablement, le visage de maman réagissait en s'illuminant de bonheur.

Avant que toute la maisonnée ne se réveille, Mme Hall a déposé Catherine dans son lit. Tout au long de la journée, entre ses tâches, elle est retournée voir comment elle allait. Au milieu de l'après-midi, elle était si inquiète que j'ai envoyé M. Hall chercher le docteur, une fois de plus. Mais il est revenu seul. Le docteur était parti sur le lieu d'un accident, à environ 15 kilomètres au nord d'ici. Un homme s'était fait piétiner par un attelage de bœufs.

### 11 octobre 1847

Le pire est arrivé. Je me suis réveillée juste après l'aube et j'ai entendu un gémissement qui m'a rappelé les histoires de la Banshie que papa nous racontait quand il voulait nous faire dresser les cheveux sur la tête, aussi raides que des soldats au garde-à-vous. C'était Mme Hall. Je ne savais pas ce qui se passait ni ce que je devais faire. Je me suis levée, je me suis enroulée dans une couverture et j'ai descendu les escaliers sur la pointe des pieds.

La fièvre avait eu raison de la pauvre petite Catherine. M. Hall est aussi peiné et sous le choc que Mme Hall. Aucun des deux n'a remarqué ma présence. Mme Lyons avait déjà mis de l'eau à bouillir. Elle m'a demandé d'aller habiller Lucy, puis d'aller chercher Mme Fenton. Je me suis perdue en chemin! J'ai regardé les arbres autour de moi et j'ai paniqué : ils se ressemblaient tous! Je me suis assise pendant quelques minutes et j'ai pensé que j'avais parcouru ce chemin au moins deux fois avec Fanny. Il suffisait donc de me concentrer, et je retrouverais ma route. Mon cœur battait très fort et j'avais la tête pleine d'images affreuses. Finalement, j'ai réussi : j'ai retrouvé mon chemin!

M. Fenton a conduit sa femme en chariot, avec Fanny et moi à l'arrière. Il voulait aider M. Hall qui était derrière la maison, occupé à planer des planches pour fabriquer le cercueil du bébé.

Mme Fenton a disparu dans la chambre de Mme Hall, et Fanny a fait de son mieux pour distraire Lucy. J'ai entendu Mme Hall pleurer. Mme Fenton a décrété qu'elle resterait aussi longtemps qu'il le faudrait. Elle a renvoyé Fanny chez eux et a pris les commandes de la maison, nous donnant des ordres, à Mme Lyons et à moi.

Elle était très satisfaite de Mme Lyons, mais pas du tout de moi. Rien de ce que je faisais n'était fait assez vite ou assez bien à son goût. Je ne m'en offusquais pas autant qu'auparavant. Tandis que je passais un coup de balai de branches de cèdre dans toute la maison, je l'ai aperçue au salon. Elle regardait par la fenêtre. Quand elle s'est retournée, je l'ai vue essuyer des larmes au coin de ses yeux. D'un ton hargneux, elle m'a dit d'aller finir de balayer. Mais je savais qu'elle tentait seulement de cacher le chagrin que lui causait la mort de la petite Catherine.

## 12 octobre 1847

Tout au long de la journée, des voisins sont passés pour présenter leurs condoléances. Mme Lyons n'a pas cessé de faire bouillir de l'eau pour préparer du thé. J'ai coupé du pain et l'ai beurré, et j'ai coupé de petites tranches de gâteau, préparé par Mme Lyons ou apporté par des voisins qui sont venus réconforter Mme Hall. M. Hall n'a rien dit de toute la journée. La petite Catherine repose dans son cercueil, doublé de sa courtepointe ornée de roses et de lilas. J'aurais aimé que Patrick ait été préparé si joliment pour son dernier repos.

## 13 octobre 1847

Catherine a été mise en terre aujourd'hui, au pied d'un chêne se dressant au sommet d'une petite colline, derrière la maison des Hall. M. Hall a dit à sa femme que le feuillage allait donner de la fraîcheur à la tombe, en été. Elle est restée debout, sur la colline, pendant toute la journée, jusqu'à ce que son mari la ramène à la maison. Il l'a fait asseoir et l'a nourrie à la petite cuillère, comme on le fait pour les petits enfants. Il lui a dit qu'elle devait se montrer forte, en particulier pour Lucy, qui est sage comme une image et aussi pâle que sa mère. Je crois que ses parents ont oublié que, elle aussi, elle a perdu un être cher.

### 15 octobre 1847

La maison est si tranquille! D'habitude, Mme Hall fredonne tout le temps un air ou chante des chansons à ses petites filles, tout en travaillant. Maintenant, elle reste silencieuse, sauf pour donner des directives. Et c'est très rare, car Mme Lyons sait très bien ce qu'elle a à faire. Quant à moi, mes tâches sont assez simples. M. Hall est absent de la maison du matin jusqu'au soir. Quand il rentre, il joue avec Lucy, mais on voit que le cœur n'y est plus. Puis il la borde dans son lit, qui a été déménagé dans leur chambre.

Depuis la mort de sa sœur, Lucy refuse de dormir dans sa propre chambre. Dans la maison, elle est muette comme une carpe. Elle parle seulement quand elle m'accompagne dehors pour refaire la provision de petit bois, chercher des branches de cèdres pour fabriquer un nouveau balai ou autre chose du genre. Elle me demande alors de lui raconter des histoires, et je le fais avec plaisir, car le silence de la maison me pèse beaucoup. Je crois que Lucy en souffre, elle aussi. À mon avis, elle ne parle pas parce que ses parents eux-mêmes ne parlent pas. Et si elle demande à dormir dans leur chambre, c'est pour pouvoir veiller sur eux. Je sais que sa petite sœur lui manque. Mais je crois qu'elle s'inquiète bien plus de

ses parents, qui sont présents, mais si tristes, que de
sa sœur qui est devenue un ange dans le Ciel.

### 17 octobre 1847

Si seulement ma courtepointe était terminée!
Le froid vient de s'installer, et je pourrais m'en
servir le soir, dans mon lit, pour me réchauffer.
Si seulement maman était ici et pouvait voir mon
travail! Elle serait fière de moi. J'utilise les couleurs
des feuilles d'automne : rouge vif, jaune or et
orange flamboyant. Elle me tiendra au chaud, cet
hiver, et me rappellera la forêt d'automne dans
toute sa splendeur. Maintenant, les feuilles sont
tombées, et les branches me font penser à des
mendiants aux doigts décharnés, qui tendraient la
main pour qu'on leur donne un peu d'argent ou de
nourriture.

Quand j'aurai fini ma courtepointe, je veux
faire une petite carpette pour ma chambre. Elle me
réchauffera les pieds quand je sortirai du lit, le matin,
et elle va égayer mon décor. Je vais la faire avec des
chutes de tissus, comme pour ma courtepointe.
Mme Lyons m'a montré comment on s'y prend. Il
faut faire des languettes de tissu et les coudre bout
à bout pour en faire de longs serpents multicolores.
Puis on fait des tresses avec les serpents. Ensuite, on
les enroule en formant un ovale et on coud le tout.
Mme Lyons a un vieux bout de flanelle dans lequel

je pourrai tailler un morceau à coudre sur l'envers de ma carpette. Elle dit qu'elle va m'aider dès qu'elle aura terminé celle qu'elle est en train de fabriquer.

### 19 octobre 1847

Hier, M. Hall est allé à Sherbrooke pour vendre la peau du bœuf qu'il a abattu il y a quelques semaines. Quand il est revenu, aujourd'hui en fin d'après-midi, il avait une lettre pour moi! Elle était de la part de sœur Marie-France. J'ai regardé fixement mon nom écrit dessus, pendant très longtemps, à me demander si je voulais vraiment l'ouvrir. Et si elle avait écrit pour m'annoncer de mauvaises nouvelles? Et si elle avait appris que mon oncle était mort? Ou que quelque chose de terrible était arrivé à Michael? Mais ces nouvelles pouvaient aussi être bonnes. Peut-être que la lettre de sœur Marie-France était enfin parvenue à oncle Liam. Peut-être que le prêtre de la paroisse située près de là où habitait oncle Liam auparavant avait rencontré Michael et qu'il lui avait dit où j'étais rendue. Peut-être que Michael était revenu à Montréal et qu'il avait vu la petite annonce que Mme Hall avait fait paraître dans le journal. Ou qu'il avait parlé à sœur Marie-France. Peut-être que, en ce moment même, il était en route pour me rejoindre.

Finalement, M. Hall m'a demandé gentiment si je voulais qu'il lise la lettre pour moi.

J'ai fait non, de la tête. Que les nouvelles soient bonnes ou mauvaises, elles ne changeraient pas pour la seule raison que j'avais peur de les lire. J'ai ouvert la lettre et j'ai commencé à lire l'élégante calligraphie de sœur Marie-France. Mon cœur s'est serré. Les nouvelles n'étaient pas si mauvaises, puisque soeur Marie-France ne m'annonçait la mort de personne. Mais elles n'étaient pas bonnes non plus. En fait, soeur Marie-France n'avait aucune nouvelle à m'annoncer. À ma grande honte, les larmes me sont montées aux yeux.

« Johanna, est-ce que ça va? » m'a demandé Mme Hall.

Je lui ai raconté ce que disait la lettre. Le prêtre n'avait pas entendu parler de Michael. La lettre de sœur Marie-France et la mienne étaient restées sans réponse, et le journal qui avait publié la petite annonce à mon sujet n'avait rien reçu non plus.

« Tu es ici chez toi, aussi longtemps que tu voudras rester, a dit Mme Hall. (M. Hall a approuvé de la tête.) Tu fais partie de notre famille maintenant. Je sais que Lucy aurait le cœur brisé si tu nous quittais. »

Je l'ai remerciée de sa gentillesse. C'est réconfortant d'avoir un chez-soi. Mais comme j'aurais aimé que les nouvelles soient différentes! J'aurais tant voulu que mon chez-moi soit auprès de mon frère et de mon oncle, qui sont du même sang que moi! J'ai

glissé la lettre dans la poche de ma robe et je me suis
affairée à mes tâches. Plus tard, une fois seule, je l'ai
ressortie de ma poche et je l'ai relue. Cette fois, je n'ai
pas pu retenir mes larmes. Michael était parti depuis
si longtemps, sans que j'en aie la moindre nouvelle!
Était-il tombé malade, comme papa? Lui était-il
arrivé malheur? Et oncle Liam? Étais-je condamnée
à rester éternellement une étrangère sans aucune
famille, dans ce pays? J'ai pleuré jusqu'à ce que je
tombe endormie.

### 21 octobre 1847

Quand il était à Sherbrooke, M. Hall a accepté
un emploi auprès d'une compagnie de coupe de
bois. Il est parti aujourd'hui, avec deux voisins,
M. Nearing et M. Webley. On a besoin d'hommes pour
construire ce que M. Hall appelle une route d'hiver
pour les traîneaux. Ils vont être absents pendant
quelques semaines. Après Noël, la compagnie va
les réengager pour transporter des billes de bois
jusqu'au bord de la rivière en empruntant cette
route. Au printemps, quand la glace va se rompre, les
billes vont suivre le courant de la rivière jusqu'à des
moulins à scie ou des ports, où elles seront chargées
sur des bateaux. La compagnie paie comptant, mais
peu. Mme Lyons dit qu'on en a besoin pour acheter
certaines choses.

Mme Lyons est partie, elle aussi, pour quelque

temps. Elle a dû se rendre chez son frère afin d'assister aux funérailles de son neveu qui est mort après s'être fait renverser par un cheval.

### 23 octobre 1847

Nous ne sommes plus que trois à la maison : Mme Hall, Lucy et moi. Je suis contente de voir que Mme Hall arrive à se remettre tranquillement. Elle parvient même à sourire de temps en temps, même si ce n'est pas de manière aussi radieuse qu'avant. Je crois qu'elle pense à des petits moments de tendresse avec Catherine. L'autre jour, je l'ai entendue chanter doucement. Ce n'était pas l'une de ces chansons joyeuses qu'elle avait l'habitude de chanter en tourbillonnant dans la pièce, avec une de ses deux filles dans les bras. C'était plutôt comme un cantique à la tonalité mélancolique.

Mme Hall va souvent retrouver Catherine sous le chêne. Parfois à la maison, elle s'assied devant une fenêtre et fixe des yeux la petite pierre tombale plantée sur la colline. Au moins, elle a cela pour se réconforter. Moi, je n'ai aucune image à laquelle me raccrocher quand je pense à ma chère maman ou au petit Patrick, dont le dernier lieu de repos est dans les profondeurs de l'océan. Ni quand je pense à papa, enterré quelque part à Montréal, sans rien pour marquer l'endroit exact. Je pense à Michael et je me demande où il est. Je pense aussi à oncle Liam et je me demande ce qu'il est advenu de lui. Sait-il seulement que je suis encore en vie?

Le temps se refroidit de jour en jour. Quand mes tâches de la journée sont finies, je m'assieds avec Mme Hall et je travaille à ma courtepointe. Elle avance bien. Mme Hall tricote des gros bas à longue tige pour son mari. Il pourra les porter quand il partira faire son travail d'hiver, qui consistera principalement à travailler pour la compagnie de coupe de bois. À part ce travail et des travaux à l'intérieur, dit-elle, il n'y a pas grand-chose à faire durant l'hiver, dans la région. Mme Hall tricote aussi des bas, des mitaines et une écharpe pour Lucy.

## *26 octobre 1847*

Nous passons nos journées à nous occuper à des petits travaux tranquilles. Quand je me lève, il fait si froid dans ma chambre que je fais de la buée en respirant. Je m'habille rapidement et je descends à la cuisine sans faire de bruit, puis j'attise le feu et je mets l'eau à chauffer dans la bouilloire. J'aide Mme Hall à préparer le déjeuner. Je balaie, je lave la vaisselle et je récure. Je joue avec Lucy tandis que sa mère est occupée. J'aide Mme Hall à préparer le dîner. Je nettoie tout, encore une fois. Je travaille à ma courtepointe et Mme Hall m'apprend à faire toutes sortes de choses. Elle a toujours un ouvrage à la main. Elle me montre de quoi il s'agit et comment on s'y prend. Quand tous les préparatifs pour l'hiver seront terminés, elle va m'aider à me tailler une robe dans une de ses vieilles robes. Elle va me montrer toutes les étapes. Ainsi je saurai, dit-elle, ce que toute femme doit savoir.

### 28 octobre 1847

Aujourd'hui, Fanny est venue à la maison pour nous aider avec tous les travaux et égayer un peu l'atmosphère. Et voici ce que j'ai appris à son sujet : non seulement elle aime chanter, mais encore elle a une très belle voix! Elle nous a montré, à Lucy et à moi, des chansons à deux voix et, quand nous avons chanté ensemble, Fanny faisant la première voix et Lucy et moi, la seconde, Mme Hall a déclaré que nous chantions comme un vrai chœur d'anges. Elle s'est même jointe à nous, en faisant une troisième voix, et nous avons repris la chanson. C'était la journée la plus heureuse depuis longtemps.

### 31 octobre 1847

C'est la veille de la Toussaint, autrement dit le jour de l'Halloween. J'ai le cafard en pensant aux feux de joie qu'on fait, chez nous en Irlande. Je m'ennuie aussi de grand-papa. Ce jour-là, il adorait raconter des histoires sur le monde des esprits et sur les feux qui réchauffent les âmes errantes. Il refusait d'écouter les prêtres qui lui reprochaient de raconter des histoires pareilles.

## 4 novembre 1847

Mme Lyons est de retour. Mme Hall était si contente de la revoir qu'elle l'a serrée dans ses bras. Je l'aurais fait, moi aussi, mais j'étais trop gênée.

Avec son retour, nos journées vont être plus gaies. Il a fait si froid que nos fenêtres sont toutes givrées, et on ne peut rien voir dehors. Le matin, quand je sors du lit, l'eau de mon pot à eau est un bloc de glace, et le bord de ma couverture est givré, là où j'expirais en dormant. Nous portons toutes des châles et des couvertures par-dessus nos vêtements, pour nous réchauffer. Mme Hall a fait un lit sur le canapé, pour Lucy, et la petite y joue toute la journée, sous les couvertures.

M. Fenton, qui est passé hier, a dit qu'il n'avait jamais vu un froid pareil s'installer si tôt. Mais il a dit qu'il avait vu pire, une fois, au début de son mariage. Il était dans son atelier, en train de fabriquer des fauteuils de salon, et il faisait si froid qu'un clou a gelé dans sa main nue avant même qu'il ait le temps de le clouer dans le morceau de bois sur lequel il travaillait. En retirant le clou, il s'est arraché la peau, et sa femme a dû lui faire un bandage. Fanny dit que, depuis, sa mère dit toujours à son mari de porter des mitaines quand il travaille avec des clous, en hiver.

## 6 novembre 1847

Hier matin, le ciel était gris sombre, mais il faisait moins froid. Mme Lyons a dit que c'était signe qu'il allait neiger. Comme de fait, au milieu de l'avant-midi, l'air s'est soudain rempli de gros flocons. Ils descendaient comme en flottant, puis se déposaient par terre, légers comme des plumes. J'ai bien emmitouflé Lucy et nous sommes sorties faire le tour du jardin.

À midi, je m'enfonçais dans la neige jusqu'à mi-jambe, et elle continuait de tomber, toujours plus abondante. Il a neigé toute la journée. Le soir, le vent s'est levé et s'est mis à souffler la neige dans tous les sens. Ce matin, quand je me suis levée et que je suis descendue à la cuisine pour attiser le feu, on ne voyait plus rien par la fenêtre. Je dois avouer que j'ai paniqué. Il était tombé tant de neige, me suis-je dit, que la maison était ensevelie et que nous ne pourrions plus en sortir ni personne d'autre y entrer. Puis M. Fenton est entré par la porte du devant. Il était venu vérifier si tout allait bien, en l'absence de M. Hall, et il a bien ri de me voir visiblement si soulagée. Il m'a emmenée sur la véranda pour me montrer que la neige s'était accumulée très haut seulement du côté nord de la maison, où se trouve la cuisine, et sur le côté nord de la grange. C'est parce que le vent soufflait du nord et a poussé la neige. Là où il y avait un obstacle, elle s'était empilée en énormes bancs de neige. La maison semblait toute tranquille et mystérieuse, ainsi enveloppée dans son cocon de neige.

### 10 novembre 1847

M. Fenton et Fanny sont venus nous chercher, Mme Hall, Lucy et moi, pour une promenade en traîneau. Il nous a bien recouvertes d'une grande peau d'ours pour nous tenir au chaud, et nous avons filé sur la neige. L'haleine des chevaux faisait comme des nuages dans notre direction. Fanny m'a appris une chanson que les Canadiens aiment bien chanter en traîneau. Nous avons vu des traces dans la neige. M. Fenton a dit que c'étaient celles d'un chevreuil. Tous les arbres, les feuillus comme les résineux, étaient couverts de neige. C'était si joli! Nous sommes revenus avec les joues rouges comme de belles pommes et de très bonne humeur. Mme Lyons nous a reçus avec du thé bien chaud et des tartines de beurre.

### 14 novembre 1847

Lucy ne tenait pas en place aujourd'hui, et pour une très bonne raison : M. Hall doit rentrer d'un jour à l'autre. Elle court sans arrêt à la porte, pour voir si elle ne l'apercevrait pas. Hier et avant-hier, Mme Hall ne se sentait pas très bien. Alors Mme Fenton, qui est venue hier, a décidé de rester. Mme Lyons l'a très mal pris. Elle a ronchonné pendant une bonne partie de l'avant-midi. Elle trouve qu'elle est tout à fait capable de s'occuper de Mme Hall et que Mme Fenton ne lui fait pas confiance.

Mme Fenton nous a dit à toutes les deux que Mme Hall était à bout de nerfs. Elle a donc interdit tous les bruits. Elle refuse de me laisser emmener Lucy dehors et dit que je dois plutôt m'occuper de mes tâches. La pauvre Lucy n'en peut plus de n'avoir rien à faire. Donc cet après-midi, tandis que Mme Fenton et Mme Lyons étaient occupées à la cuisine, j'ai raconté à Lucy des histoires de fées. Pour qu'elle s'amuse encore plus, je lui ai mimé les personnages. J'ai bien pris garde de ne pas faire de bruit et je lui ai dit que la coutume était de raconter ces histoires à voix basse afin de ne pas contrarier les fées, au cas où elles entendraient. Elle a bien mordu à ma ruse.

Je lui ai raconté trois histoires, puis je lui ai dit que je devais retourner travailler. Elle m'en a réclamé une quatrième. Juste une, a-t-elle dit, et elle n'en demanderait pas plus. Alors j'ai commencé à lui raconter une histoire de Leprechauns avec leurs chaudrons d'or. En entendant cela, elle s'est relevée et a couru jusqu'au petit secrétaire que sa mère utilise quand elle écrit des lettres à sa famille. Elle a ouvert un des tiroirs et m'a rapporté une chaîne en or avec un pendant en or massif à un bout.

« C'est la montre de papa, a-t-elle dit. Grand-père la lui a donnée. Mais papa dit qu'elle est trop belle pour qu'il la porte. On pourrait dire que c'est l'or du chaudron du Leprechaun. »

Je trouvais que ce n'était pas une bonne idée, car il était évident que cette montre de gousset avait une grande valeur. Je lui ai dit de la remettre à sa place. Déçue, elle s'est dirigée vers le secrétaire, comme je le lui demandais. Mais dans sa hâte, elle a trébuché, et la montre avec sa chaîne a volé dans les airs, puis est retombée sous le canapé. Elle est allée la retirer de là, mais elle n'y parvenait pas.

« Elle est coincée » a-t-elle dit.

Elle a tiré plus fort, puis a poussé un hurlement. Elle avait tiré trop fort, et la montre en or s'était détachée de la chaîne. Elle les a mises dans mes mains au moment même où Mme Fenton arrivait, intriguée par le cri de Lucy.

« Dieu du Ciel, mais qu'est-ce qui se passe? a-t-elle dit, d'un ton sévère. Ne t'avais-je pas demandé de ne pas faire de bruit? »

J'ai regardé Lucy qui regardait, les yeux tout écarquillés, l'expression de colère sur le visage de Mme Fenton.

Mme Fenton a regardé la chaîne et la montre en or dans ma main, puis le tiroir du secrétaire qui était ouvert. Elle me les a arrachées des mains et a exigé de savoir ce que j'étais en train de faire.

« Nous étions en train de jouer... » ai-je commencé à dire.

« Tu étais en train de voler, m'a-t-elle interrompue. Et n'essaie pas de nier. »

Ses yeux me lançaient des éclairs, comme dans un ciel d'orage.

J'ai tenté de lui expliquer, mais elle ne voulait rien entendre.

« Exactement comme je l'ai toujours soupçonné, a-t-elle dit. Toi et tes compatriotes, vous ne valez pas mieux que des bêtes. » Elle a ajouté qu'elle avait bien averti Mme Hall de ne pas prendre une jeune Irlandaise chez elle, car les Irlandais sont des paresseux et des mendiants. Elle a menacé de dire ce que j'avais fait à Mme Hall, et je serais renvoyée.

J'étais si insultée par ses calomnies que ma voix en tremblait quand je lui ai dit que je ne volerais jamais rien à M. et Mme Hall et que nous ne faisions que jouer.

Elle m'a giflée. Sa main a frappé ma joue avec un bruit sec, comme celui d'un coup de feu. Elle m'a dit de faire mes bagages, car j'étais renvoyée sur-le-champ. Lucy s'est mise à pleurer. Elle devait avoir peur que Mme Fenton la gifle, elle aussi. J'ai touché ma joue, là où Mme Fenton m'avait giflée, et elle était brûlante. Je lui ai dit qu'elle n'était pas chez elle et n'avait aucun droit de me renvoyer. Son regard est devenu encore plus noir de colère. Si elle ouvrait la bouche de nouveau, j'étais sûre que j'allais entendre des grondements de tonnerre et que ses yeux allaient me lancer de vrais éclairs.

Mme Hall est apparue à ce moment-là et a demandé ce qui se passait. Lucy, en pleurs, a couru la rejoindre et lui a entouré les jambes de ses bras, en disant que son père allait être fâché quand il verrait sa montre de gousset.

« Johanna l'a prise et l'a brisée », a dit Mme Fenton.

Et elle l'a brandie afin que Mme Hall puisse le constater de ses yeux. Mme Hall a demandé si c'était la vérité. Je ne voulais pas lui mentir. Mais je ne voulais pas non plus que Lucy soit blâmée pour ce qui était un simple accident. Je lui ai donc dit que ce n'était pas pour mal faire.

Elle a froncé les sourcils et a regardé sa fille en pleurs. Finalement, elle s'est mise à genoux devant la petite et lui a demandé de la regarder dans les yeux et de lui promettre de dire la vérité. Les joues baignées de larmes, Lucy a déballé toute l'histoire. Sa mère l'a remerciée d'avoir dit la vérité et lui a rappelé qu'elle ne devait plus toucher aux affaires de son père. Puis elle a pris Lucy dans ses bras et l'a consolée. Ensuite, elle a proposé que nous prenions toutes une bonne tasse de thé et nous a envoyées à la cuisine, Mme Lyons et moi, pour que nous le préparions. Il ne s'est plus dit un mot au sujet des fausses accusations de Mme Fenton.

Plus tard, Mme Lyons m'a dit que Mme Fenton n'était pas une mauvaise personne, mais qu'elle avait l'esprit un peu embrouillé à cause de son passé. Je lui ai demandé ce qu'elle voulait dire par là, et elle m'a expliqué. Après la Guerre d'Indépendance des États-Unis, le père de Mme Fenton avait emmené sa famille depuis New York jusqu'au Haut-Canada. Il avait reçu de la Couronne d'Angleterre un lot de terre et de quoi survivre pendant trois ans. Mais au bout de ce terme, il y avait eu une terrible sécheresse, et les récoltes avaient été catastrophiques. La famille de Mme Fenton et plusieurs autres avaient tenté de vendre une partie de leurs terres en échange de barils de farine, mais n'avaient trouvé personne d'intéressé. D'autres familles s'étaient nourries de viande de chiens et s'étaient habituées à ce goût.

« Au dire de Mme Fenton, seuls leur courage et leur détermination leur ont permis de passer au travers de cette terrible année, a-t-elle ajouté. Une mauvaise année dont ils n'étaient aucunement responsables, s'empresse-t-elle toujours de souligner. Alors, la prochaine fois qu'elle te tombe dessus, Johanna, pense à son père en train de gruger un os de chien. Elle te semblera sûrement beaucoup moins intimidante. »

Aujourd'hui, Mme Lyons est devenue une amie très chère.

## 16 novembre 1847

Mme Hall se rend à la fenêtre aussi souvent que Lucy. Je crois qu'elle est inquiète parce que M. Hall n'est pas encore revenu. La maison n'est pas la même, sans lui. Mais elle va un peu mieux et passe la veillée avec nous, au lieu de se retirer tôt dans sa chambre. Parfois, nous racontons des histoires. Mme Lyons parle du temps des premiers colons. Ses arrière-grands-parents étaient des colons français venus s'installer ici, à l'époque de la Nouvelle-France. Sa grand-mère avait fait scandale en épousant un Anglais et en élevant ses enfants dans la langue de son mari. Mme Lyons a aussi des histoires à propos des Cris, qu'elle a entendues de sa grand-mère qui les avait elle-même entendues de son père, qui était un trappeur. Même Mme Hall se mêle de raconter des histoires à propos des rois d'Angleterre.

Hier soir, tandis que Mme Lyons travaillait à une layette pour le bébé à naître d'une de ses nièces à Montréal et que Mme Hall et moi tricotions des bas (elle pour M. Hall et moi, pour Fanny), Lucy m'a demandé de raconter une histoire de fées. J'ai fait non de la tête. Dans ce pays, les enfants aiment les contes de fées, mais les grandes personnes semblent les désapprouver. Néanmoins, Mme Hall a dit qu'elle adorerait en entendre un. Je me suis donc lancée dans le conte de la princesse vaniteuse qui refuse tous les prétendants sous prétexte qu'ils ne sont pas assez puissants ou pas assez beaux à son goût. Finalement, son père perd patience et la marie à l'homme le plus laid et le plus pauvre du royaume. Celui-ci l'emmène dans sa pauvre masure qu'elle a beaucoup de mal à tenir propre et en ordre. Elle doit aussi apprendre à lui faire à manger sans tout faire brûler et à lui repriser ses bas sans se piquer le doigt et les tacher de sang. Au début, elle est outrée de sa disgrâce. Elle refuse d'embrasser son mari et le repousse sans cesse avec de grands airs hautains. Mais le temps passe, et elle comprend que son mari est un homme bon et patient quand elle-même se montre bonne et patiente. Elle apprend aussi qu'il est si bien avisé que tous les gens des environs viennent lui confier leurs problèmes et qu'il les aide à les résoudre de manière juste, à la satisfaction de tous. À sa grande surprise, elle tombe amoureuse de lui. Et un soir, quand il vient pour l'embrasser, elle le laisse faire. Là, sous ses yeux, il se transforme en un beau jeune homme, le plus magnifique qu'elle n'ait jamais vu. Le lendemain, elle apprend qu'il n'est pas un pauvre paysan, mais le maître d'un vaste royaume, et que tous ceux qui venaient le voir avec leurs soucis étaient ses sujets, qui l'adoraient. « Mais pourquoi ne me l'as-tu pas dit? » lui demande-t-elle alors. « Parce que je voulais que tu m'aimes pour ce que je suis, et non pour ma richesse et mon apparence », répond-il.

Lucy était ravie d'apprendre que, à la fin, ils

avaient eu deux adorables filles et deux vaillants garçons et qu'ils avaient vécu heureux jusqu'à la fin des temps. Même Mme Hall et Mme Lyons ont soupiré d'aise, à la fin du récit.

### 19 novembre 1847

M. Hall est parti au chantier de bûcherons depuis presque un mois. Le ciel est devenu de plus en plus sombre au fil de la journée, et on sent dans l'air que quelque chose se prépare. Mme Lyons dit que c'est le calme avant la tempête. Pourtant, quand je suis sortie pour aller chercher du bois, il n'y avait pas un souffle de vent, comme si l'air s'était complètement retiré. Je suis vite retournée à l'intérieur.

C'était une nuit sans étoiles, à cause des nuages, et la lune avait pris congé aussi. La vaisselle était faite et rangée, et le balai avait été passé. La maison était plongée dans le silence. Lucy avait été insupportable pendant toute la journée, et Mme Hall était allée la coucher dans son propre lit. Mme Lyons et moi nous attendions à la voir revenir, mais non. Finalement, Mme Lyons s'est rendue sur la pointe des pieds jusqu'à la porte de la chambre, et un sourire a éclairé son visage.

« Elles se sont endormies dans les bras l'une de l'autre, a-t-elle dit. Je crois que le nouveau bébé va lui rendre la vie plus facile. »

« Le nouveau bébé? » ai-je dit, étonnée.

Il m'a fallu un petit instant pour comprendre que Mme Hall attendait un enfant. Je ne m'y attendais pas du tout. Mme Lyons a souri en hochant la tête. Espérons qu'il ramènera son beau sourire à Mme Hall, me suis-je dit.

Mme Lyons m'a demandé de lui raconter une histoire. J'étais déjà assez avancée dans mon histoire de Leprechauns quand, soudain, mon sang s'est glacé dans mes veines. J'ai interrompu mon récit, car il me semblait avoir entendu la plainte de la Banshie. Mme Lyons a dit que j'avais l'air d'avoir vu un fantôme. Puis un objet est tombé sur le plancher. C'était un petit portrait de la mère de M. Hall. J'ai étouffé un cri, car tout le monde sait que, quand une image tombe du mur où elle était accrochée, c'est un signe annonciateur d'une mort. Et avec la plainte de la Banshie que je venais d'entendre...

Quelqu'un allait mourir. Toutes les fibres de mon corps me le disaient. Mais je n'en ai rien dit à Mme Lyons, car j'ai pensé qu'elle ne me croirait pas.

### 20 novembre 1847

Je ne m'étais pas trompée : un homme est mort. Et M. Hall a été gravement blessé. Voici ce qui s'est passé.

Ce matin, peu après avoir attisé le feu, j'ai entendu un bruit. C'était le hennissement d'un cheval, j'en étais sûre. Comme de fait, j'ai regardé dehors et j'ai vu un homme dans un traîneau qui quittait la route, au loin, et s'engageait dans le chemin menant jusqu'à la maison. J'ai couru chercher Mme Hall et je l'ai trouvée assise à une fenêtre de la façade. Elle avait vu le traîneau, elle aussi. D'abord, elle a paru simplement surprise, l'air de se demander qui était ce visiteur. Puis elle a froncé les sourcils et a dit : « C'est Frederick Nearing. Mais où est... » Elle s'est interrompue, laissant sa question en suspens. Je n'en suis pas certaine, mais je crois qu'elle a aperçu la même chose que moi : dans le traîneau, il y avait un gros paquet recouvert par une couverture. Elle est sortie de la maison, sans prendre le temps de se couvrir contre le froid. Mme Lyons a attrapé son châle, et moi aussi, et nous avons couru à sa suite.

M. Nearing a arrêté le traîneau, puis s'est adressé à Mme Hall, mais sans lever les yeux. D'un ton gêné, il lui a dit : « Il y a eu un accident. »

Elle a gémi, puis a tendu la main vers le paquet enroulé dans la couverture. J'ai alors vu qu'il était de la grosseur d'un homme. Mais M. Nearing l'a saisie par le poignet avant qu'elle n'ait eu le temps de soulever la couverture.

« C'est Duncan Webley qui est là-dessous », a-t-il dit avec douceur.

Il y a eu un accident au camp de bûcherons, a-t-il expliqué, et M. Hall et M. Webley en ont été victimes. M. Webley est mort, et M. Nearing est en route pour aller l'annoncer à Mme Webley. M. Hall est à Sherbrooke, en vie, mais gravement blessé. M. Nearing a dit que, en revenant de chez Mme Wesley, il passerait prendre Mme Hall et l'emmènerait à Sherbrooke.

J'ai honte de le dire, mais j'étais bien contente que la mort annoncée par la prédiction ne soit pas celle de M. Hall. Mme Hall est vite rentrée préparer ses affaires pour le voyage.

### 21 novembre 1847

Mme Hall est partie à Sherbrooke en nous laissant, à Mme Lyons et moi, le soin de nous occuper de Lucy. Quand M. Nearing est passé la prendre, il nous a donné plus de détails sur ce qui s'était passé. En Europe, a-t-il expliqué, la demande pour le bois d'œuvre est extrêmement forte. On exige donc, ici, que les hommes continuent de travailler une fois la nuit tombée, à empiler les billes de bois à la lueur des feux de camp. Il dit aussi que les hommes connaissent souvent mal le travail de bûcheron et que, pour cette raison, les accidents sont fréquents.

M. Hall retournait au camp et il a vu deux hommes, dont M. Webley, qui empilaient des billes de bois. M. Webley s'est retourné pour le saluer, sans remarquer qu'une bille s'était mise à rouler vers lui, suivie par les autres. M. Hall le voyait. Il a crié pour les avertir tous les deux. Le premier s'est aussitôt enlevé de là. Mais M. Webley n'a pas compris quel était le problème. M. Hall s'est précipité vers lui pour tenter de le pousser sur le côté. Mais il n'est pas arrivé à temps. Les billes sont tombées sur M. Webley, et il est mort pratiquement sur le coup. Quelques-unes sont tombées sur M. Hall, et il s'est retrouvé cloué au sol, avec le côté droit de son corps écrasé. M. Nearing a dit qu'il avait eu de la chance de s'en sortir vivant. Mais il nous a confié, à Mme Lyons et à moi, que son bras était en très mauvais état et qu'il risquait de le perdre. Là-dessus, Mme Lyons s'est mise à pleurer. Elle tient M. Hall en très haute estime.

### 30 novembre 1847

Ces derniers jours, Mme Lyons et moi avons travaillé comme d'habitude, à tenir maison, à dorloter Lucy et à l'amuser avec des jeux et des chansons. Elle réclame sans cesse ses parents. Elle n'a jamais été séparée des deux en même temps. Même moi, je trouve étrange de me trouver ici sans eux.

### 1er décembre 1847

Ce matin, nous étions toutes les trois à la cuisine, Mme Lyons était occupée à faire de la soupe et Lucy, à m'aider à mesurer de la farine, quand j'ai entendu des grelots tinter au loin. J'ai relevé la tête et j'ai aperçu Mme Lyons qui tendait l'oreille en direction de la fenêtre. Lucy en a fait autant. Puis nous nous sommes toutes les trois précipitées pour aller voir qui c'était. Lucy était la plus excitée de nous trois, car elle était sûre que c'étaient sa maman et son papa. Ce n'étaient pas eux, mais plutôt M. et Mme Fenton, avec Fanny. Quand ils sont entrés dans la maison, ils avaient un air grave. Mme Lyons a proposé d'aller faire du thé, et Mme Fenton a accepté. M. Fenton a dit qu'il ne pouvait pas rester. Il a regardé sa femme d'un air gêné, et celle-ci a dit à Fanny d'emmener Lucy à la cuisine pour voir s'il n'y avait pas du gâteau. Une fois qu'elles sont parties, Mme Fenton nous a donné les nouvelles.

Ils avaient appris par Mme Hall que M. Hall était très gravement blessé. Il avait plusieurs fractures à la jambe, et son bras avait été écrasé si fort qu'il s'était infecté. Le docteur n'avait pas eu d'autre choix que de l'amputer. À cette nouvelle, Mme Lyons a réprimé un cri d'effroi et moi, j'ai senti des larmes me couler sur les joues. M. Hall ne restait jamais sans rien faire. Il était toujours occupé à ceci ou cela, pour améliorer sa ferme. Le soir, son activité préférée était de travailler à un nouveau meuble et à l'agrémenter de motifs sculptés dans le bois. Comment allait-il faire, avec un seul bras? Comment pourrait-il faire tout le travail qu'il y avait, avec un seul bras?

Mme Fenton a dit que M. et Mme Hall ne reviendraient pas tout de suite à la maison. Ils comptent rester à Sherbrooke jusqu'à ce que M. Hall soit assez remis pour pouvoir voyager. Ils veulent que nous leur emmenions Lucy à Sherbrooke.

M. Fenton va nous y conduire dans deux jours. Mme Fenton et Fanny vont revenir pour nous aider à faire les bagages. Mme Hall a envoyé une liste des effets à emporter. M. Fenton va surveiller la maison et la ferme jusqu'au retour de M. et Mme Hall.

### 2 décembre 1847

Fanny et Mme Fenton sont revenues aujourd'hui. Fanny a inventé une chanson sur les bagages, et nous l'avons chantée avec elle, Lucy et moi, tout en faisant les paquets de Lucy. Puis Fanny s'est occupée de Lucy pendant que je rassemblais mes affaires. J'en avais plus qu'à mon arrivée, il y a à peine quelques mois. J'avais ma courtepointe, qui est presque terminée, et les chutes de tissu pour ma petite carpette, à laquelle je compte travailler pendant mes temps libres. J'ai aussi le manteau que Mme Hall a taillé pour moi et une vieille paire de bottes qu'elle m'a donnée. J'ai mon châle. Et, bien sûr, j'ai mon journal intime dont les pages sont maintenant presque toutes remplies de choses tantôt tristes et tantôt nouvelles. Il faut que je réfléchisse à ce que je vais faire quand j'en aurai rempli toutes les pages.

Après les bagages, j'ai jeté un dernier coup d'œil à ma chambre. J'avais du chagrin de laisser derrière moi mon lit et ma petite commode à tiroirs. De toute ma vie, ce sont les seuls meubles que j'ai eus pour moi seule. Ils seront encore là pour moi, quand je reviendrai.

J'ai décidé de donner mon châle à Fanny. Il est chaud et bien tricoté. Je l'ai enveloppé dans un bout de tissu, puis ficelé et déposé sur une chaise en attendant le départ.

M. Fenton est venu chercher Mme Fenton et Fanny avant la nuit. Il a dit qu'il viendrait nous prendre demain matin très tôt, pour nous emmener à Sherbrooke.

En l'entendant, j'ai senti les larmes me monter aux yeux. Fanny m'a enlacé la taille et a dit que j'allais lui manquer. Je lui ai dit qu'elle me manquerait aussi, et quelques larmes ont roulé sur ma joue. J'avais autant de mal à lui dire au revoir que j'en avais eu pour Anna. Fanny est ma première vraie amie au Canada.

J'ai apporté mon paquet et le lui ai offert. Elle l'a déballé, curieuse de voir ce que c'était, et elle n'a pas été déçue. Elle a dit que c'était le plus beau châle qu'elle avait vu de toute sa vie et l'a enroulé autour de ses épaules. Même Mme Fenton a dit qu'il était bien fait. Puis Fanny a glissé la main dans sa poche et en a sorti un petit paquet pour moi. Je l'ai ouvert et je n'en croyais pas mes yeux : c'était un cahier neuf, avec des pages toutes blanches.

« Mme Hall m'a dit que tu aimais écrire », a-t-elle dit.

155

Je me suis sentie rougir. Sœur Marie-France avait probablement raconté à Mme Hall la raison pour laquelle Mme Johnson m'avait renvoyée. Fanny m'a serrée dans ses bras. Elle m'a dit qu'elle espérait que je lui écrirais et qu'elle me répondrait. Elle compterait les jours jusqu'à mon retour avec la famille Hall.

J'avais les joues baignées de larmes tandis que je m'en allais avec ses parents. Je l'ai saluée de la main jusqu'à la perdre de vue et je lui ai crié au revoir jusqu'à en avoir mal à la gorge.

### 3 décembre 1847

M. Fenton est arrivé à la première heure, comme promis. Il nous a emmitouflées toutes les trois dans le traîneau, avec tous nos bagages. Il faisait très froid, mais le ciel était dégagé, et la neige crissait sous les patins du traîneau. M. Fenton semblait satisfait de l'état de la route d'hiver. Quant à moi, j'étais contente d'aller à Sherbrooke.

M. et Mme Hall y ont loué des chambres dans une grande maison. Mme Hall est venue nous accueillir à la porte. Elle a pris Lucy dans ses bras et l'a couverte de baisers. En réponse à la tendresse de sa mère, Lucy a demandé à voir son père. Mme Hall a dit qu'elle devait attendre, car il dormait.

M. Fenton ne s'est pas attardé, car il voulait rentrer chez lui avant la nuit. Avant son départ, je lui ai demandé de passer voir si une lettre ne m'attendait pas au bureau de poste de Sherbrooke. Il a dit qu'il le ferait et il m'a surprise en prenant ma main dans les siennes. Il m'a souhaité bonne chance et m'a dit qu'il espérait que je puisse retrouver mon frère. Fanny a dû lui en parler. C'était la première fois que M. Fenton me parlait, car il n'est pas très bavard.

## 4 décembre 1847

Je n'ai pas encore vu M. Hall. Mme Hall m'a dit qu'il n'avait pas très envie d'avoir des visiteurs, sauf pour Lucy qui a eu la permission de s'asseoir auprès de lui pendant quelques minutes.

Mme Hall est pâle et semble rongée par l'inquiétude. Dès que Lucy a été couchée, elle a demandé à me parler. Mme Lyons était avec elle. D'un ton plutôt sombre, elle a dit que, manifestement, ils ne pourraient pas repartir de Sherbrooke avant longtemps, ni reprendre le travail à la ferme. Par conséquent, elle devait renvoyer l'une d'entre nous. J'ai regardé le bout de mes pieds, en me préparant à ce qui allait suivre. Mais c'était Mme Lyons qui devait partir, et non pas moi.

« Oh non! » me suis-je exclamée, car je me disais qu'il était injuste que Mme Lyons s'en aille et que ce soit moi qui reste. « Ce devrait être moi. Mme Lyons est avec vous depuis plus longtemps. Et elle sait faire la cuisine! »

Mme Lyons a posé sa main sur la mienne et m'a

souri. Elle en avait déjà discuté avec Mme Hall, m'a-t-elle expliqué. Le mois dernier, elle avait appris que sa nièce préférée, qui habite Montréal, attendait un enfant et qu'elle serait très heureuse de l'avoir auprès d'elle pour l'aider avec ce nouveau-né. Elle voulait y aller, mais hésitait à quitter Mme Hall. Mais comme la situation était différente maintenant, elle était libre d'aller rejoindre sa nièce pour l'arrivée du bébé. Elle savait que je serais très utile à Mme Hall, car j'avais beaucoup appris. De plus, a-t-elle ajouté, j'étais seule au monde, et c'était injuste. Mme Hall avait non seulement besoin de m'avoir auprès d'elle, mais elle voulait que je reste, et Mme Lyons s'en réjouissait.

Mme Hall a accepté de donner son congé à Mme Lyons et a dit qu'elle avait vraiment besoin de moi. J'étais au bord des larmes. Je me sentais tiraillée entre la bonté de chacune d'elles envers moi et la séparation d'avec Mme Lyons, qui était devenue une amie très chère.

Mme Lyons va nous quitter dans quelques jours.

### 6 décembre 1847

Mme Lyons est partie aujourd'hui. Elle m'a donné un magnifique mouchoir sur lequel elle a brodé des feuilles d'automne parce que, a-t-elle dit, elle sait que j'en adore les couleurs. Elle espère revenir nous voir un de ces jours et goûter à un repas que j'aurai préparé. Je l'ai serrée dans mes bras, et elle a fait de même. Elle va beaucoup me manquer.

## 7 décembre 1847

Aujourd'hui, Mme Hall avait des emplettes à faire et elle a emmené Lucy. Elle m'a dit que, puisque M. Hall dormait, je n'aurais à m'inquiéter de rien. J'étais assise sur le canapé, en train de tricoter, et soudain, j'ai entendu un gros bruit de chute. Il venait de la chambre du malade. Je m'y suis précipitée et, depuis la porte, j'ai vu de l'eau répandue par terre. M. Hall avait tenté de se verser de l'eau lui-même, du pichet qui était posé sur une petite table de chevet. Mais son bras gauche, le seul qu'il lui reste, était faible, et le pichet lui avait glissé des mains. Je suis entrée pour nettoyer le plancher, mais il m'a crié de m'en aller. Il ne voulait pas qu'on le voie dans cet état, a-t-il dit. J'ai tenté de lui dire que je voulais seulement essuyer l'eau sur le plancher et ramasser les morceaux du pichet brisé, mais il ne voulait rien entendre. Il m'a crié après jusqu'à ce que je quitte sa chambre et n'a été satisfait que quand j'ai eu refermé la porte derrière moi. Quand je me suis rassise sur le canapé, je tremblais de tous mes membres. Il était si pâle et amaigri! La manche droite de sa chemise pendait vide, contre ses côtes. J'avais réussi à ne pas la regarder et à ne pas lui laisser deviner, par mon regard, que j'avais pitié de lui. Mais, le pauvre! Comment va-t-il faire, maintenant?

Quand Mme Hall est rentrée, je lui ai raconté ce qui était arrivé, et elle s'est précipitée dans sa chambre. Elle y est restée très longtemps.

### 8 décembre 1847

Aujourd'hui, le docteur est revenu voir M. Hall. Quand il est ressorti de la chambre du malade, Mme Hall et lui ont discuté à voix basse. Mme Hall n'a rien dit du reste de la journée. Elle semblait inquiète et perdue dans ses pensées.

### 9 décembre 1847

Petite journée tranquille. J'ai fait de mon mieux pour amuser Lucy tandis que Mme Hall était assise à la fenêtre. Son visage était rongé par l'inquiétude. J'espère que M. Hall ne va pas plus mal. Elle n'a rien dit de sa conversation d'hier, avec le docteur.

### 10 décembre 1847

Quand Lucy a été couchée pour sa sieste, Mme Hall m'a demandé de venir la rejoindre. Les blessures de M. Hall vont être très longues à guérir, a-t-elle dit. Sa jambe droite est très abîmée et, avec son bras droit qui manque, il ne pourra probablement plus jamais marcher sans assistance. Travailler à la ferme ne serait plus possible. Sa voix tremblait quand elle m'a dit qu'elle avait décidé d'écrire à sa famille, en Angleterre, pour leur annoncer qu'il serait préférable que son mari et elle y retournent au printemps prochain. Son père à elle est dans les affaires, et elle est sûre qu'il pourra trouver pour son mari un travail qui lui convienne et qui ne soit pas trop exigeant physiquement. Elle pourra ainsi compter sur le soutien de sa famille, non seulement pour M. Hall, mais aussi pour Lucy et pour le bébé à naître.

À ma grande honte, je dois avouer que, tandis qu'elle m'expliquait tout cela, je ne pensais qu'à moi-même. Allait-elle me demander de partir avec eux? Impossible pour moi! Je ne pouvais pas quitter Michael. Mais qu'adviendrait-il de moi, une fois qu'elle serait partie? Allais-je pouvoir trouver une autre place? Allais-je pouvoir trouver un employeur aussi gentil qu'elle?

« J'aimerais t'emmener, a-t-elle dit. Mais je ne peux pas. Je suis désolée, Johanna. Je sais que tu n'as pas eu la vie facile. Tu es devenue un vrai membre de notre famille. Tu vas beaucoup nous manquer, à Lucy et à moi. »

Elle a ajouté de ne pas trop m'en faire pour le moment, car ce départ n'était pas pour demain. Elle a promis de m'aider à trouver une autre place dans la région, avant son départ, et de me donner de bonnes références. Quand je l'ai remerciée, j'avais les yeux dans l'eau.

## 11 décembre 1847

M. Hall va mieux de jour en jour. Mme Hall dit qu'il est de meilleure humeur depuis que Lucy est ici. Il lui fait la lecture tous les soirs, avant qu'elle aille au lit.

## 13 décembre 1847

On a retrouvé Michael! Quel bonheur! Voici ce qui s'est passé.

Ce matin le temps était beau et ensoleillé, et Lucy n'était plus tenable dans la maison. Plus d'une fois, Mme Hall l'a grondée à cause du bruit qu'elle faisait alors que son père dormait. Finalement, j'ai proposé de l'emmener se promener dans Sherbrooke. Nous nous sommes bien amusées à faire des traces de pas dans la neige et à glisser sur un étang gelé. Sur le chemin du retour, Lucy m'a demandé de lui raconter une histoire, et je l'ai fait. Je l'avais presque terminée quand j'ai vu la maison de loin. J'ai alors aperçu Mme Hall sur le pas de la porte, enveloppée dans un châle. Elle semblait attendre quelqu'un. J'ai cru que mon cœur allait s'arrêter de battre et j'ai craint le pire. L'état de M. Hall avait probablement empiré, et elle devait attendre l'arrivée du docteur. Sinon, pourquoi serait-elle ainsi sortie dans le froid?

Puis elle nous a aperçues et nous a fait signe de nous presser. Je ne voulais pas que Lucy s'inquiète, alors je lui ai proposé de faire une course. Je l'ai laissée prendre les devants, et sa mère l'a attrapée et l'a soulevée dans les airs. Elle l'a embrassée, puis m'a souri, et je me suis sentie soulagée. Visiblement, je m'étais trompée, et tout allait bien du côté de M. Hall. Elle avait peut-être simplement hâte de retrouver Lucy? Ou son père l'avait-il peut-être réclamée?

Elle souriait toujours tandis que j'aidais Lucy à retirer ses bottes et son manteau. J'allais me rendre dans la chambre que je partage avec Lucy, à l'arrière de la maison, quand elle a dit : « Tu as de la visite, Johanna. »

Voilà pourquoi elle souriait : M. et Mme Fenton devaient être venus lui rendre visite, et Fanny était là! Et dire que, depuis tout ce temps, je m'étais dit que je ne la reverrais peut-être jamais! Je me suis précipitée au salon.

Mais ce n'était pas la famille Fenton.

C'était Connor!

En me voyant arriver, il s'est levé et m'a examinée de la tête aux pieds. Puis il a éclaté de rire et a dit qu'il ne m'aurait jamais reconnue, vêtue d'une si belle robe et plus en chair qu'autrefois. J'ai couru vers lui et je l'ai serré dans mes bras. Mais comment diable avait-il fait pour me retrouver?

Il m'a raconté toute son histoire. Il avait habité pendant quelques semaines chez la famille qui avait recueilli Daniel et qui, a-t-il dit, prenait bien soin de lui et même mieux qu'il aurait pu le faire lui-même. Une fois rassuré, il ne pouvait plus rester en place. Aussi était-il retourné à Montréal pour y trouver du travail.

« J'étais dans le parc près de la maison des religieuses, a-t-il dit. Et devine qui j'ai vu? »

Je l'ai regardé, le cœur rempli d'espoir.

Michael! Il avait vu Michael. Mais il n'est pas censé être à Montréal. Il est censé vivre à la ferme, avec oncle Liam.

« Est-il au courant pour moi? » ai-je demandé.

« Il sait que tu n'es pas morte dans une baraque à fièvre », a dit Connor.

La seconde lettre de sœur Marie-France, a-t-il poursuivi, était finalement parvenue à oncle Liam. Dès que Michael avait su que je n'étais PAS morte, il avait fait le voyage jusqu'à Montréal, dans l'espoir que les religieuses sauraient où me trouver. Mais quand il était arrivé, il avait eu une grosse déception : sœur Marie-France était morte de la fièvre.

En l'apprenant, les larmes me sont montées aux yeux. Les nouvelles de Michael que Connor venait de me donner avaient eu l'effet d'un rayon de soleil dans mon cœur. À l'opposé, cette mauvaise nouvelle de sœur Marie-France était comme un gros nuage noir. Pourquoi le bon est-il toujours suivi du mauvais? Pourquoi ne pourrait-on pas tous vivre heureux jusqu'à la fin des temps?

La remplaçante de sœur Marie-France, a poursuivi Connor, était moins organisée. Elle ne savait pas ce que j'étais devenue.

« Et alors, comment m'as-tu retrouvée? » ai-je demandé.

Michael avait quitté Montréal, m'a-t-il expliqué, et était parti retrouver oncle Liam sur sa ferme. Lui-même était resté à Montréal, à la recherche d'un travail. Ce n'était pas facile! Les affaires allaient mal, les travailleurs à la recherche d'un emploi étaient nombreux, et plusieurs en voulaient aux Irlandais qui avaient afflué à Montréal. Il avait été bien accueilli et bien traité, m'a-t-il expliqué, quand il était arrivé comme orphelin, la première fois. Puis il s'était retrouvé un parmi tant d'autres jeunes Irlandais qu'on accusait de voler les places aux Montréalais en acceptant de travailler pour moins que rien. Mais il avait eu de la chance. Il avait été engagé par le patron d'un camp de bûcherons (mais pas celui où travaillait M. Hall). Il avait rencontré un jeune garçon qui y travaillait comme aide-cuisinier. Comme il était irlandais, ils étaient devenus amis.

« Il répétait sans cesse qu'il était honnête, même s'il avait démarré sa vie au Canada en tant que voleur, a-t-il poursuivi. Il m'a dit qu'il te connaissait, Johanna, et que tu n'approuvais pas sa conduite. Il s'appelle Tommy Ryan. »

Je l'ai dévisagé de tous mes yeux. Je n'arrivais pas

à le croire. Tommy Ryan, le jeune voleur que j'avais rencontré à Montréal! Il avait dit à Connor où j'étais partie. Connor avait aussitôt trouvé quelqu'un qui pouvait écrire une lettre à sa place, pour Michael. Puis il était parti à ma recherche. Finalement, M. et Mme Fenton lui avaient dit que j'étais à Sherbrooke.

J'en ai pleuré de joie. Michael était sain et sauf. Oncle Liam aussi. Puis j'ai pensé à Kerry, le frère de Connor, qu'on avait fait débarquer de la barge fluviale, à Grosse-Île. Je lui ai demandé de ses nouvelles. Sa mine est devenue grave. Kerry était mort le jour même de notre départ vers Montréal. Pauvre Connor! Tout comme moi, il n'avait plus qu'un frère pour toute famille.

J'ai regardé Mme Hall. Mon rêve se réalisait, tandis que le sien venait de s'écrouler. Pourtant, elle me regardait, resplendissante de joie. Elle m'a serrée dans ses bras et m'a dit qu'elle était très heureuse qu'on ait retrouvé mon frère. D'un ton empreint de tact et de douceur, elle m'a expliqué que je devais attendre jusqu'au printemps, quand la navigation sur le Saint-Laurent redeviendrait possible. Elle savait, m'a-t-elle dit, que ce serait très dur d'attendre si longtemps. Mais entre-temps, je lui serais extraordinairement utile.

J'ai alors compris que, finalement, tout s'arrangeait pour le mieux. Je resterais auprès d'elle jusqu'à ce que nous puissions, chacune de notre côté, entreprendre le voyage que nous devions faire. Elle traverserait l'océan afin de retrouver sa famille, et je partirais vers l'intérieur du pays afin de rejoindre la mienne. À mon tour, je l'ai serrée dans mes bras et lui ai dit qu'elle avait été comme une seconde mère pour moi.

J'ai rempli presque toutes les pages du cahier que j'ai emporté avec moi en quittant l'Irlande. Quand il sera définitivement terminé, j'inaugurerai celui que Fanny m'a offert avec le récit de ma nouvelle vie, quand elle aura commencé.

# Épilogue

Quand le printemps est enfin arrivé, Johanna s'est rendue en bateau à Cobourg, dans ce qui est devenu l'Ontario, puis en chariot jusqu'à Peterborough. Cette ville a été nommée en l'honneur de Peter Robinson qui y a emmené près de 2 000 colons irlandais en 1825. Johanna y a retrouvé Michael, qu'elle a eu du mal à reconnaître, tant il avait grandi et était devenu fort grâce à une bonne alimentation. Elle a rencontré son oncle Liam pour la première fois. Il possédait des terres près de la rivière Otonabee. Il avait construit une petite cabane et avait commencé à défricher afin de pouvoir cultiver la terre et de faire brouter des vaches.

Johanna s'est facilement intégrée à cette petite maisonnée en y prenant avec plaisir le rôle de maîtresse de maison. Elle a vite mis à profit tout ce qu'elle avait appris auprès de Mme Hall et de Mme Lyons et, sur ces bonnes bases, elle a continué de développer ses habiletés ménagères. Comme elle le racontait dans la première des nombreuses lettres que, au fil des ans, elle a envoyées à son amie Fanny, elle a rapidement fait de gros progrès en cuisine. En tricot aussi, et ses écharpes ne tombaient plus de travers et, en hiver, ses gros bas tenaient les pieds de son oncle et de son frère bien au chaud. Elle prenait un plaisir tout particulier à collectionner les chutes de tissu dont elle se servait ensuite pour fabriquer des courtepointes inspirées de ses souvenirs personnels. Ainsi l'une, faite dans de riches teintes de vert, lui rappelait son Irlande natale. Une autre, toute blanche, avec de petites touches de couleurs vives, représentait les premiers signes de végétation printanière faisant suite au long endormissement hivernal. Ou encore, une profusion de couleurs variées rappelait les fleurs sauvages en plein été.

Avec l'aide de Michael, oncle Liam a défriché sa terre et construit une petite maison confortable qui a remplacé la cabane dans laquelle ils vivaient, Michael et lui, à l'arrivée de Johanna. Peu de temps après, Michael est tombé amoureux de Mary Kehoe, la fille d'un voisin fermier. Il l'a épousée et l'a emmenée vivre à la ferme d'oncle Liam. Mary et Johanna sont vite devenues amies et ont passé bien des soirées à faire du tricot et de la couture, tout en bavardant et en riant.

Johanna est devenue experte dans la confection des robes et, aussi, des courtepointes. Très vite, des femmes ont eu recours à ses services pour les soulager d'une partie de leurs travaux de couture ou pour tailler des robes pour elles-mêmes ou pour leurs filles. Tandis qu'elle travaillait à une robe de mariée pour la fille d'un meunier, elle a rencontré

Thomas Mcdonnell, le frère du futur marié. Il était beau et grand, avec les cheveux bruns et bouclés, et les yeux d'un bleu limpide. Mais c'est plutôt son plaisir à rire et à se laisser doucement porter par la vie qui a attiré Johanna. La bonne humeur de Thomas lui rappelait son père. Il connaissait quantité de contes merveilleux, tout comme son grand-père à elle, et avait le don de les raconter de manière très vivante. Johanna en est tombée amoureuse presque immédiatement et n'a pas hésité une seule seconde quand il l'a demandée en mariage.

Leur premier enfant, un garçon, est né avant leur premier anniversaire de mariage. Johanna l'a appelé Francis Joseph, en souvenir de son père et du saint patron des charpentiers. Une fille a suivi peu après. Johanna l'a appelée Eileen, en souvenir de sa mère. Ils ont eu trois autres enfants, chacun à un peu plus d'un an d'intervalle : Patrick, Connor et, enfin, Anna, en souvenir de l'amie d'enfance de Johanna. Johanna n'a jamais pu retrouver son amie. Mais elle pensait souvent à elle, à l'époque où elles vivaient encore en Irlande, qu'on ne pouvait malheureusement pas qualifier de « bon vieux temps ». Ses cinq enfants ont tous survécu et elle en était reconnaissante à Dieu.

Johanna et Thomas ont régalé leurs enfants avec leur vaste répertoire de contes traditionnels. Johanna leur a tout raconté au sujet de sa famille et de son pays d'origine. Elle leur a parlé des bonnes années comme des mauvaises, de la traversée de l'océan et des jours de chagrin absolu. Elle leur a aussi raconté les histoires de Lusmore le Bossu, de la belle jeune fille et quantité d'autres mettant en scène la Banshie, les fées, le Pooka, le Leprechaun et les autres créatures féériques du folklore irlandais. Quand ses filles ont été assez grandes, elle les a laissé lire ses comptes rendus, écrits en pattes de mouche, de ses premiers mois au Canada.

Johanna a continué de noter par écrit les événements importants tout au long de sa vie. Elle a aussi entretenu une riche correspondance avec Mme Hall, qui était retournée en Angleterre avec sa famille, et avec Connor, qui ne lui répondait pas avec beaucoup de zèle, mais qui est venu lui rendre visite quand ses enfants étaient tout petits, et une seconde fois, quand son fils s'est marié.

Johanna a toujours porté à son cou la médaille de saint Joseph de son père, suspendue à une chaîne en argent, même si l'image avait fini par s'effacer complètement et qu'on ne voyait plus qu'un simple disque de fer-blanc. Chaque fois qu'elle pensait à ses parents, ce qui lui arrivait souvent, elle prenait la médaille entre ses doigts et se mettait à la frotter. Elle se disait alors qu'elle pouvait encore sentir la chaleur laissée par les doigts de son père.

Johanna a vécu jusqu'à un âge très avancé. Elle a connu 23 petits-enfants et 15 arrière-petits-enfants.

Pour chacun, elle a fabriqué une petite courtepointe rappelant les riches couleurs de l'Irlande. Et quand elle prenait un de ses petits sur ses genoux, elle lui racontait une histoire de son pays natal avec la pointe d'accent irlandais qu'elle n'avait jamais totalement perdu.

# Note historique

La Grande Famine (*An Gorta Mór*, en gaélique irlandais) ou la Crise de la Pomme de terre, qui s'est étendue de 1845 à 1851, est un des événements les plus tragiques de l'histoire de l'Irlande. Avant la famine, on comptait une population de 8 millions d'habitants. À la fin de la crise, près d'un million d'Irlandais étaient morts de faim et de maladie, et un autre million avaient émigré dans l'espoir de survivre, dont environ 300 000 qui s'étaient embarqués à bord de bateaux pour se rendre au Canada.

Même avant cette catastrophe, l'Irlande était un pays pauvre. Hors des villes, les terres appartenaient généralement à de riches propriétaires anglais, appelés des *landlords*, dont la plupart étaient protestants et n'habitaient pas en Irlande. Ils louaient des parcelles de terre à des fermiers irlandais catholiques. Ces métayers étaient souvent si pauvres qu'ils habitaient dans une minuscule maison ne comportant qu'une seule pièce où ils dormaient sur de la paille étendue à même le sol de terre battue. De 1800 à 1840, la population irlandaise a connu une croissance rapide, et la pauvreté a d'autant augmenté. La demande en terres arables est devenue si forte que des fermiers se sont mis à cultiver des terres peu propices à l'agriculture, mais convenant à la pomme de terre.

La culture de ce tubercule est facile, et chaque plant offre un rendement élevé. Un terrain d'environ 4 000 mètres carrés, ensemencé de pommes de terre, peut donner une récolte suffisante pour nourrir toute une famille pendant un an. La pomme de terre est riche en protéines, en féculents et en vitamines. Aussi incroyable que cela puisse paraître, on peut rester en santé en ne mangeant que des pommes de terre. On a rapporté que les paysans irlandais de l'époque étaient malgré tout en meilleure santé que les paysans anglais, dont l'aliment de base était le pain, beaucoup moins riche en éléments nutritifs.

À l'époque de la famine, plus d'un tiers des Irlandais s'alimentaient presque exclusivement de pommes de terre. On les faisait simplement bouillir, et un homme adulte pouvait en manger d'énormes quantités, allant jusqu'à cinq ou six kilos par jour, alors que les femmes et les enfants en mangeaient moins. À l'occasion, on y ajoutait du lait, du beurre, du chou ou du poisson pour leur donner du goût et augmenter leur valeur nutritive. Les Irlandais réussissaient ainsi à s'en tirer, jusqu'à ce que le malheur les frappe.

À l'automne de 1845, la récolte de pommes de terre avait été mauvaise dans toute l'Europe. Juste avant la récolte, les feuilles de nombreux plants avaient noirci et s'étaient fanées. Lorsqu'on déterrait les tubercules, ils semblaient bons. Mais en un ou deux jours, ils pourrissaient et se transformaient en une masse visqueuse dégageant une horrible puanteur. Personne ne le savait à l'époque, mais la pomme de terre était victime d'une maladie appelée le mildiou, causée par un champignon microscopique se propageant facilement dans l'air. Ce mildiou de la pomme de terre a frappé l'Irlande plus durement qu'ailleurs parce que c'était l'aliment de base d'une grande partie de la population.

De nos jours, si une telle catastrophe se produisait, des organismes de secours passeraient immédiatement à l'action et feraient tout en leur pouvoir pour aider les populations affamées. Mais dans les années 1840, c'était impossible puisqu'il n'existait aucun organisme capable d'intervenir à grande échelle.

Au printemps 1846, le gouvernement britannique, qui dirigeait alors l'Irlande, a pris quelques mesures visant à aider les victimes de la famine. Par exemple, on a mis sur pied des programmes permettant aux fermiers irlandais de recevoir un salaire en échange de travaux d'intérêt public, comme la construction et la réparation des routes. Mais l'organisation en était très mauvaise, et l'argent ainsi gagné par les fermiers était souvent à peine suffisant pour nourrir toute une famille. De plus, certains étaient déjà si affaiblis par la famine qu'ils étaient incapables de travailler ou commençaient à travailler, mais mouraient très vite d'épuisement.

Le gouvernement britannique a aussi acheté du maïs aux États-Unis. Il voulait le revendre aux Irlandais, mais la plupart d'entre eux étaient trop pauvres pour pouvoir se le permettre. Le maïs américain, aussi appelé « blé d'Inde », était inconnu des Irlandais. Ceux qui pouvaient en acheter ne savaient pas comment l'apprêter et ont souffert de maux d'estomac et de diarrhée.

Durant la deuxième année de famine, il y a eu des changements au gouvernement anglais, et les nouveaux responsables ont suspendu l'aide alimentaire à l'Irlande. Leurs arguments : la prochaine récolte de pommes de terre serait probablement bonne, et on ne voulait pas que les Irlandais en viennent à compter systématiquement sur l'aide de l'Angleterre.

Mais la récolte de 1846 a encore été victime du mildiou, et la famine a empiré. Les gens mangeaient ce qu'ils pouvaient trouver : des algues, des racines, des mauvaises herbes et même du gazon. Ils vendaient tout ce qu'ils pouvaient afin de payer leurs loyers aux *landlords* et de ne pas se retrouver sans logis, en plus d'être affamés. Pour ne rien arranger, l'hiver de 1846-1847 a été l'un des plus rigoureux de toute l'histoire de l'Irlande. En plus de mourir de faim, les gens mouraient de froid, et plusieurs tombaient malades. En effet, ceux qui sont morts durant la famine ont souvent succombé non pas à la famine, mais à des maladies comme le choléra, la dysenterie et le typhus, qu'ils contractaient à cause de leur faiblesse générale. Le taux de mortalité était si élevé que les corps étaient souvent enterrés sans cercueil ou simplement entassés dans des fosses communes. On racontait même que des cercueils étaient fabriqués avec des fonds à charnières, ce qui permettait de les utiliser à répétition.

Affamés, sans rien à manger ni argent pour payer leur loyer, des centaines de milliers d'Irlandais, hommes, femmes et enfants, ont été jetés à la rue. Les *landlords* y trouvaient leur avantage, car ils souhaitaient augmenter leurs revenus en cultivant du blé ou en faisant l'élevage de bovins et d'ovins. Or ils ne pouvaient pas le faire tant qu'ils avaient des métayers sur leurs terres. Ils ont donc évincé les métayers qui leur devaient des loyers et ont démoli leurs pauvres masures pour les empêcher de revenir. Ils se sont aussi mis à payer pour forcer ces Irlandais, dorénavant sans terres, à émigrer. Ceux qui étaient ainsi envoyés au Canada, de même que ceux qui décidaient de leur propre chef d'y immigrer, faisaient la traversée à bord de navires de transport de marchandises qui, en général, avaient transporté du bois jusqu'en Angleterre. On les équipait de couchettes en bois et on y entassait autant de passagers que possible afin de rentabiliser la traversée de retour vers l'Amérique du Nord. La maladie et la mort étaient si fréquentes à bord qu'on a donné à ces navires le nom de « cercueils flottants ».

La traversée depuis Liverpool (ou depuis les ports irlandais) jusqu'à Québec était de 4 800 km et, selon les vents et le temps qu'il faisait, pouvait prendre entre cinq semaines et trois mois. Le prix du passage incluait la nourriture, mais elle était généralement insuffisante pour rester en santé. De plus, l'eau à boire devenait souvent insalubre avant la fin de la traversée. Les installations étaient épouvantables. Les passagers étaient entassés dans la cale, sans ventilation ni équipements sanitaires, en compagnie des rats, porteurs de maladie. Ces bestioles partageaient donc l'espace de la cale avec des passagers qui tombaient malades ou qui l'étaient déjà au moment de leur embarquement. Dans de telles conditions, les maladies se répandaient facilement et rapidement.

Les passagers qui survivaient à la traversée étaient examinés par un médecin à leur arrivée à Québec. Ceux qui étaient déclarés malades étaient mis en quarantaine à Grosse-Île, un îlot situé à environ 48 km, en aval de la ville de Québec. En 1847, les navires arrivant avec de nombreux passagers malades ont été si nombreux que le site de Grosse-Île est devenu un véritable mouroir, à cause de la surpopulation et du manque de médecins et d'infirmières. Les autorités médicales étaient si surchargées que plusieurs passagers n'ont pas été examinés correctement. Ils ont ensuite été envoyés sur des barges fluviales vers Montréal, Kingston et Toronto, où plusieurs sont arrivés malades ou mourants. Dans ces villes, on a tenté de les soigner convenablement, mais, souvent c'était trop peu ou trop tard.

Il est difficile de savoir combien d'Irlandais sont morts de la famine en Irlande même, combien ont émigré et, parmi eux, combien ont survécu à la traversée. Les registres étaient mal tenus, les passagers n'étaient pas obligés de déclarer leur lieu de naissance et, sur plusieurs navires, les capitaines ne prenaient pas la peine de dresser une liste exacte de leurs passagers. Selon certains historiens, en 1847, environ 100 000 Irlandais seraient arrivés au Canada, et une personne sur cinq serait morte de maladie ou de malnutrition. Plusieurs enfants étaient orphelins au moment de leur débarquement. Pour la plupart, ils ont été pris en charge par des organismes religieux ou de bienfaisance, et plusieurs ont été adoptés par des familles québécoises. Quant aux adultes, ils arrivaient complètement démunis et ne trouvaient pas facilement du travail.

Au milieu des années 1850, 10 000 Irlandais s'étaient installés dans la ville de Québec. Un nombre encore plus grand s'était établi à Montréal et y travaillait comme magasiniers, artisans, tailleurs, cordonniers ou policiers. Mais la plupart des Irlandais de Montréal étaient plutôt ouvriers, domestiques, cochers, forgerons ou menuisiers et habitaient Griffintown, où les manufactures bordaient le canal

Lachine. Ce quartier a souvent été décrit comme étant un bidonville.

À la même époque, à Toronto, un quart de ses 50 000 habitants était Irlandais. C'était le groupe ethnique le plus important de la ville. La plupart habitaient près du lac, dans le quartier de Cabbagetown, baptisé ainsi à cause des choux que les Irlandais cultivaient dans leurs arrière-cours.

Les immigrants irlandais se sont installés dans plusieurs autres endroits au Canada, comme dans la vallée de l'Outaouais, la région de Kingston et à Peterborough, en Ontario. Des centaines de milliers d'autres se sont établis aux États-Unis, comme à Boston, New York, Baltimore et Philadelphie, et ont fondé des communautés irlando-catholiques qui font maintenant partie de l'identité de ces villes.

*Enfants irlandais déterrant ce qu'ils peuvent trouver de pommes de terre dans un champ. La plupart des tubercules ont été touchés par le mildiou avant même d'être prêts à récolter.*

*Un père et son enfant jetés à la rue, devant leur masure de pierres. La famine a forcé des dizaines de milliers de pauvres Irlandais à quitter leurs parcelles de terre parce que la récolte était mauvaise et qu'ils ne pouvaient pas payer leurs loyers aux landlords.*

EMIGRANTS ARRIVAL AT CORK.—A SCENE ON THE QUAY.

*Émigrants rassemblés avec leurs maigres possessions sur le quai de Cork en attendant de monter à bord des navires pour faire la traversée de l'Atlantique pour se rendre en Amérique du Nord.*

*Des centaines de milliers d'Irlandais ont traversé l'Atlantique dans l'espoir d'une vie meilleure au Canada. Ce voyage éprouvant durait de 6 à 12 semaines. Ils y étaient entassés dans des cales où les maladies, comme le typhus et le choléra, se propageaient aisément à cause de la surpopulation.*

*Navires sur le fleuve Saint-Laurent, près de Grosse-Île (à environ 48 km en aval de la ville de Québec), attendant de faire débarquer des passagers malades. Le reste de leurs familles devait rester en quarantaine ou continuer le voyage sans eux.*

*Ceux qui étaient retenus en quarantaine à Grosse-Île, dans les baraques à fièvre, vivaient dans des conditions effroyables, malgré les efforts fournis par le personnel pour tenter de les soigner. Un grand nombre des internés n'en sont jamais ressortis, sauf pour être enterrés.*

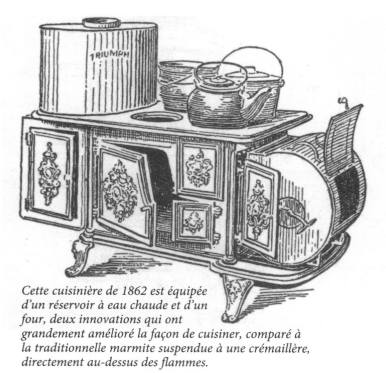

Cette cuisinière de 1862 est équipée
d'un réservoir à eau chaude et d'un
four, deux innovations qui ont
grandement amélioré la façon de cuisiner, comparé à
la traditionnelle marmite suspendue à une crémaillère,
directement au-dessus des flammes.

Pendant longtemps, on
a fabriqué les bougies
selon une méthode très
longue qui consistait à
tremper et retremper
une mèche dans du
suif fondu, en laissant
sécher entre chaque
trempage. Des moules,
comme celui-ci, en ont
rendu la fabrication
beaucoup plus facile.

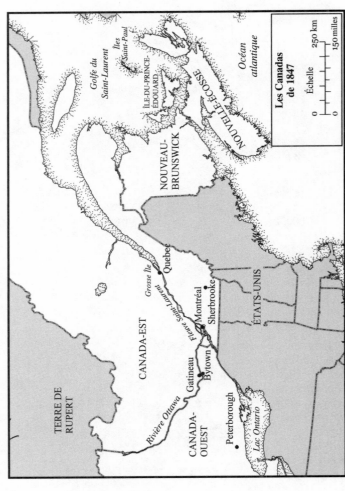

Le Canada-Est en 1847. Les Irlandais victimes de la famine ont débarqué dans les ports de l'est du Canada. Plusieurs se sont ensuite rendus ailleurs sur le continent, à Québec, Montréal, Kingston et dans la vallée de l'Outaouais, au Canada, et à Baltimore, New York, Philadelphie et Boston, aux États-Unis.

# *Remerciements*

Médaillon de la couverture : détail de *A Basket of Ribbons*, de Christian Brun, gracieuseté du Art Renewal Center * www.artrenewal.org.

Arrière-plan de la couverture et page 183 : *Emigrants Arrival at Cork – The Scene on the Quay* (L'arrivée d'émigrants à Cork – Une scène sur le quai), Bibliothèque et archives Canada, C-003904.

p. 181 : *The Irish Potato Famine* (la famine de la pomme de terre en Irlande), Illustrated London News Ltd/Mary Evans Picture Library.

p. 182 : *A Destitute Father and Child in Mienies, Ireland* (Un père et son enfant jetés à la rue à Mienies, en Irlande), Illustrated London News Ltd/Mary Evans Picture Library.

p. 184 : *Thousands of people came from Europe* (Des milliers de gens sont venus d'Europe), tiré de Historical Etchings/Travel, Crabtree Publishing Company, p. 4.

p. 185 : *Boats waiting in line on the St. Lawrence River, to be welcomed on Grosse-Île* (Navires attendant en ligne sur le fleuve Saint-Laurent pour accoster à Grosse-Île), gracieuseté de Bernard Duchesne/Collections Parcs Canada.

p. 186 : *Early quarantine station facilities at Grosse-Île, 1832* (La station de la quarantaine de la Grosse-Île), gracieuseté de Bernard Duchesne/Collections Parc Canada.

p. 187 (haut) : *Cook stove* (cuisinière), C. W. Jeffreys/Bibliothèque et archives Canada, Acc. no 1972-26-825.

p. 187 (bas) : *Candle mold* (moules à bougies), gracieuseté du Niagara Historical Society and Museum, 969.32.

p. 188 : carte de Paul Heersink/Paperglyphs.

L'éditeur tient à remercier Barbara Hehner, pour la vérification des faits historiques, et Ross Fair, de l'Université Ryerson, pour nous avoir fait bénéficier de ses vastes connaissances historiques.

*À Mary Ellen Carson McClintock*

# À propos de l'auteure

« J'ai toujours été intéressée par l'histoire et je me suis toujours demandé comment les gens faisaient pour survivre pendant les guerres, les épidémies, les famines, les catastrophes naturelles et les autres malheurs qui ont touché l'humanité à travers les âges, raconte Norah McClintock.

« Ma mère avait un rapport avec l'histoire plus personnel que moi puisqu'elle a passé de nombreuses années à fouiller sa généalogie afin d'essayer de comprendre comment avaient vécu ses ancêtres.

« Reconstituer son arbre généalogique n'est pas aussi facile qu'il y paraît, pour nous qui sommes habitués aux ordinateurs et sommes plutôt confrontés à la trop grande abondance d'information. Nous disposons d'une pléthore de base de données, et le problème est plutôt d'en contrôler l'accès et de protéger les renseignements personnels. Mais si on remonte une ou deux générations, il en va tout autrement. Les registres étaient tenus sur du papier, et ils pouvaient être détruits par le feu (quand un incendie se déclarait dans le bâtiment qui les abritait), abîmés par de l'eau, mal conservés et, même, tout bonnement jetés ou perdus. Et encore fallait-il que de tels registres aient été tenus, ce qui n'était pas toujours le cas.

« Il est très difficile de déterminer le nombre exact des victimes de la famine en Irlande ou d'établir le nombre de ceux qui ont émigré vers d'autres pays au cours de ces années et de ceux qui sont morts au cours du voyage ou immédiatement après leur arrivée en Amérique du Nord. Il n'est pas facile non plus de connaître l'endroit exact où ont abouti les survivants. Mon arrière-arrière-grand-mère répond à ce dernier cas de figure.

« Grâce aux recherches de ma mère, je sais qu'elle s'appelait Mary Ellen O'Leary. Je sais qu'elle a quitté l'Irlande durant la famine. Je sais que, par la suite, elle est morte. Je sais qu'elle avait au moins trois enfants. Mais j'ai encore bien des questions qui restent sans réponse.

« Était-elle vraiment originaire de Tipperary, comme l'a dit mon arrière-grand-mère à ma mère? En quelle année exactement a-t-elle quitté l'Irlande? Est-elle morte durant la traversée, à Grosse-Île ou plus tard, une fois arrivée à Pembroke, en Ontario? Je ne sais pas. Deux de ses enfants, nés en Irlande, se prénommaient Mary et Edward. Il y en avait un troisième, peut-être appelé James. Dans le recensement canadien de 1861, il est inscrit comme étant né au Canada. En supposant que ce soit vrai, que dois-je en conclure au sujet de ma grand-mère? »

* * *

Cinq fois lauréate du prix Arthur-Ellis, Norah McClintock est certainement l'une des meilleures auteures de romans policiers pour la jeunesse au Canada. Ses collections « Chloé et Lévesque » (*Pas l'ombre d'une trace, À couteaux tirés*) « Mike et Riel » (*Mensonges et vérité, Cadavre au sous-sol, Délit de fuite*) et « Robyn Hunter » (*Trafic, En cavale, Dernière chance*), qui mettent en scène des adolescents détectives, sont parmi les plus appréciées. Certains autres de ses romans ont aussi été traduits en français : *Crime à Haverstock, Sous haute surveillance, Le maître chanteur, Fausse identité, Double meurtre* (une réédition sous une seule et même couverture de *Fausse identité* et *Cadavre au sous-sol*) et *Sans consentement*. Norah McClintock a également été finaliste du même prix Arthur-Ellis pour son documentaire intitulé *Body, Crime, Suspect* et du prestigieux prix Anthony pour son roman *No escape*.

Même si elle est diplômée d'histoire et a travaillé comme bénévole à la maison Spadina de Toronto, ce volume est son premier roman historique. Comme elle le dit : « Il était temps que je fasse quelque chose de toutes mes connaissances historiques, accumulées au fil des ans. »

Bien que les événements évoqués dans ce livre, de même que certains personnages, soient réels et véridiques sur le plan historique, le personnage de Johanna Leary est une pure création de l'auteure, et son journal est un ouvrage de fiction.

♣

Catalogage avant publication de Bibliothèque et Archives Canada

McClintock, Norah
[Sea of sorrows. Français]
Une mer de chagrin : le journal de Johanna Leary
au temps de l'épidémie
du typhus / Norah McClintock ; traduction de Martine Faubert.

(Cher journal)
Traduction de : A sea of sorrows.
ISBN 978-1-4431-2527-7

1. Irlandais--Canada--Histoire--Romans, nouvelles, etc. pour la jeunesse.
I. Faubert, Martine  II. Titre.  III. Titre: Sea of sorrows. Français.
IIII. Collection: Cher journal

PS8575.C62S4314 2013      jC813'.54      C2012-906607-9

Édition publiée par les Éditions Scholastic, 604, rue King Ouest, Toronto (Ontario)  M5V 1E1.

5  4  3  2  1     Imprimé au Canada   114   13  14  15  16  17

Le texte a été composé en caractères Minion.

♣

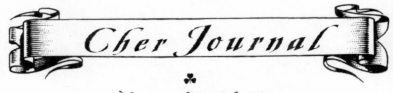

**Noëls d'antan**
*Dix récits choisis*
Auteurs multiples

**Nuit fatale**
*Dorothy Wilton, à bord du Titanic*
Sarah Ellis

**Un océan nous sépare**
*Chin Mei-ling, fille d'immigrants chinois*
Gillian Chan

**Des pas sur la neige**
*Isabelle Scott à la rivière Rouge*
Carol Matas

**Prisonniers de la grande forêt**
*Anya Soloniuk, fille d'immigrants ukrainiens*
Marsha Forchuk Skrypuch

**Rêves déçus**
*Le journal d'Henriette Palmer,*
*au temps de la ruée vers l'or*
Barbara Haworth-Attard

**Du sang sur nos terres**
*Joséphine Bouvier,*
*témoin de la rébellion de Louis Riel Batoche*
Maxine Trottier